夏日計劃

3

[作者——Irene309]

[插畫——梨月]

夏日計劃

3

目錄

01

「妳會記得我嗎？」

林又夏在夢裡聽過幾次這句話。

但她不知道說話的人是誰，也不曾看過對方的樣貌。只知道那嗓音十分熟悉，而且溫柔到令她想哭，讓她想就這麼一直做夢，永遠都不要醒。

今天，她又夢到了那個聲音。她在黑暗中掙扎地伸出手，卻怎麼也搆不著那個模糊的身影。

她盡力伸長手臂，忽然，有人硬生生打斷了她。

「喂，林又夏。」

「嗯？」她下意識回應。

接著，黑暗變成刺眼的白光。

睜開眼，林又夏才驚覺自己正處在教室裡，周遭除了皺眉看著自己的女孩外，還有其他三五成群熱烈聊天的同學。

「怎麼是妳……」

夏日計劃

「妳有意見嗎？」女孩在水手服外多穿了件外套，因為不遵守服儀規定，似乎挺常被老師警告，但她從未改正。

她把一疊資料捲起，敲了又夏的頭，不僅發出悶響，還附帶吃痛的一聲：「喂！」

女孩沒有要道歉的意思，只是歪歪頭，「怎麼那麼愛睡覺啊？每節課都在睡？」

又夏抬手接過對方遞過來的那疊紙，沒好氣地說：「妳們這些魔法使不懂啦。」

女孩翻了個白眼，「妳也算是魔法使好嗎？」

兩人領子上的紅色徽章同樣在日光燈下閃著刺眼的光芒，區別只在，又夏的那枚上頭空無一物，女孩的則是畫著一隻眼睛。

「用不著妳提醒我。」看著資料，又夏嘆了口氣，果斷地把那疊紙放進抽屜。

返鄉通知、學雜費繳費單以及宿舍費用列表，只要看到這些，她就覺得身體不適。她是不會回去的，要是回去的話，絕對不會想再來。

「欸，許浩瑜。」

「幹嘛？」

「午餐吃什麼？」

「……妳這傢伙滿腦子都只想著無聊事呢。」

「午餐吃什麼可是很重要的！」

浩瑜嘆口氣，將空了的雙手插進外套口袋，「去餐廳看看吧。」

她和許浩瑜的孽緣，從國二開始。又夏看著走在自己兩步之前的嬌小身影，不禁猜測起浩瑜的身高。大概連一百五十公分都沒有吧？健康檢查時，她老是想要偷看，但這種小心思每次都馬上就被對方發覺。

浩瑜會不著痕跡地擋住顯示面板，露出一臉「白痴嗎」的表情。明明自己也很在意……又夏從沒直接反駁過她，只會做個鬼臉，想著下一學期要怎麼偷看。

她自認和許浩瑜的關係算不上好。那傢伙總是用一臉看笨蛋的神情望向自己，每天都會嘆氣不止一次，又夏也搞不清楚為什麼對方還是堅持和她維持不遠不近的關係。

她並不介意。畢竟，願意跟無能力者說話的人本就沒多少，多許浩瑜一個，正巧能打發時間。

推開餐廳的門，一名學生用力地撞上又夏，讓她吃痛地叫出聲，同時引來了周遭人們的注目。

一旁的許浩瑜無奈地搖搖頭，抬手撐住門板，「喂喂，看路啊。」

順著視線看過去，便能知道她並非在和又夏說話。

浩瑜的視線末端，是個比她高上一些、與又夏身高相近的女孩。

「學姊。」女孩回以燦爛的笑容，接著卻神情一變，有些艱難地說道：「啊哈……沒有直接朝肚子打下去的吧……」

「許浩瑜，妳太過分了。」又夏露出同情的神色，卻完全沒有想出手攙扶女孩的意思。

「欠揍的人就是得揍啊。」瞥了一眼受害者，浩瑜頭也不回地往餐廳裡走。

見對方毫無理會自己的意圖，女孩迅速地站直身子。

又夏因此瞇起眼，「我看妳很會演喔，秋天小姐。」

秋天摸摸遭浩瑜痛擊的部位，「這種程度，怎麼可能有問題嘛。」她輕快地說著。

「妳這傢伙也只有身體好而已。」再次推開門，又夏皺了皺鼻子，「妳吃飽了嗎？」

「還沒，正想說要去找妳們。」

撲面而來的食物氣味讓她有些昏頭，整間餐廳沒剩幾個空位，林又夏花了點力氣才找到已經排進隊伍的浩瑜。

嬌小的魔法使捧著三個餐盤，吃力地朝她們招招手。

身旁的秋天發出了「咿——」的怪聲，讓又夏翻了個白眼。

「我真是搞不懂妳……」

「妳不懂嗎？」光是從聲音，就能聽出秋天此時是多麼努力在壓抑激動的情緒，「她！真的！有夠！可愛！」

又夏搖搖頭，「我真的不懂。」

她和秋天是在一年級時認識，當時還沒按照能力分班，兩人的座號相連，健康檢查時排在前後。學校固定在學期初會舉辦健康檢查，如同字面上的意思，確認身體健康，同時也針對魔力進行檢測。

「連身高都贏不過妳啊。」秋天當時這麼說。

從那天起，又夏就知道這個人很怪了。但也正是因為那麼怪，才會願意主動和自己說話吧。當然，許浩瑜也很怪。這兩個很怪的人，究竟什麼時候才要交往呢？

又夏跟在秋天身後，從浩瑜手中拿過餐盤，加入等待打飯的隊伍。

每次聊到戀愛話題，許浩瑜都會面有難色，久了以後，又夏就不再提起了，也從沒把對她跟秋天關係的疑問說出口。反正，自己是戀愛絕緣體，要是許浩瑜哪天想大聊特聊，還真不知道有什麼能拿來回應。

除了怪人，絕不會有人想靠近無能力者。交朋友都很難了，更別說談戀愛，少女漫畫裡面那些願意拯救公主的王子，現實中根本就不存在。

應該……不存在吧。看著餐盤上那糊成一團、五顏六色的菜，又夏皺起眉頭。不過，這種食物都存在了，說不定真的會有那樣的人呢。

願意先走近自己，然後再也不離開的人。

不知道為什麼，突然想起夢裡的聲音。又夏愣了一下，後頭的浩瑜察覺到不對勁，擔心地開口：「怎麼了？」

「沒事。」又夏搖搖頭，「那邊有位子，走吧。」

坐定以後，看著秋天的餐盤上滿是肉，浩瑜嘆了口氣。

「秋天，妳還是一樣挑食耶。」又夏用筷子戳戳自己盤內的食物，「這樣不會長高喔？」

「妳沒資格說我。」因為滿嘴都是肉，秋天說起話來有些口齒不清。

三人餐盤裡的菜色，就屬浩瑜的最均衡。她拿起叉子在空中比劃，「妳們都給我閉嘴。」

又夏自從小學起，便就讀於專門教導魔法使的學校，從此處回到她生長的街區約莫需要四小時的車程，若要天天通勤的話是有點為難的時長，所以即便她再怎麼想省住宿費，還是在奶奶的堅持之下選擇了住校。

學校被魔法使居住的社區圍繞，和孤兒院所在的機械使「地盤」稍有不同，這個地方顯得比較純樸。雖然同樣不再需要變電箱和影響市容的電線，但會漂浮在空中的車子少了許多，偶爾也還是有店家會使用傳統的瓦斯爐。

取代懸浮車的，是飛在空中的人，他們都是擁有「飛行」能力的魔法使。據說要使用這樣的能力，還得先取得證照。又夏常耳聞同學抱怨，不過這麼做也有道理，若完全不管制，一定會交通大亂吧。

學生餐廳裡的電視播送著新聞，今天的頭條報導，是國家研究員的發明獲得了外國的獎項。又夏對畫面上的機械使夫妻有些印象，近年有不少電器裝置是由他們改良而成，據說大大改變了全世界用電的概念。

不過，魔法使大概不能理解吧。聽說機械使還得學習許多物理、化學知識，又夏光是想到那些複雜的化學式和公式，就不禁感到毛骨悚然。

「是說，妳們以前住的地方，跟這裡有什麼不一樣嗎？」

「跟妳想像的差不多吧。」

「好想當一天機械使看看啊。」

秋天自幼就在魔法使社區生活，因為要配合機構作息，也沒出過幾次遠門。偶爾，她會像現在這樣，問一些關於機械使社區的問題，又夏雖然曾嘴上抱怨過幾次麻煩，但每次都還是會好好回答。

「最大的不同，是這裡女生很多吧？」又夏用衛生紙在嘴邊按了幾下，「妳覺得呢？」她將視線移到餐盤裡還剩不少食物的浩瑜身上。

「沒什麼差吧。」因為嘴裡塞著食物，浩瑜說起話來有些含糊，「如果妳的志願也是混校，妳就可以體驗啦。」

「嗯。」秋天摸摸下巴，「沒什麼跟『機械使』說話的經驗呢。」

聽她這麼說道，浩瑜忽然被食物嗆到咳了幾聲。

「喂，妳還好吧？要喝水嗎？」

浩瑜搖搖頭，在平靜下來後做了個深呼吸，才又夾起青菜，「不過，林又夏妳這種成績上得了嗎？」

被她點名的人愣了一下，隨即反駁：「怎麼可能考不上？」

「對耶，混校的學科成績要很好吧？」秋天露出恍然大悟的表情，「我都忘了這件事！」

「怎麼樣，要去補習嗎？」

又夏嘆了口氣，「我哪有錢可以補習啊。」然後回過神來，「不對，我才不需要補習好嗎？」

「我跟秋天是可以教妳啦，但妳也知道，我們沒那麼有空。」

明明是人聲鼎沸的學生餐廳，三人周遭卻沒有其他學生，而她們早已習慣如此。特殊能力者還好，同儕們雖會感到敬畏，但不會有多餘舉動，不過外加一個無能力者，實在太怪異了。一開始秋天還會對竊竊私語的人發脾氣，久了以後也懶得多言。又夏並不喜歡被側目的感覺，可是自從上了小學開始便是如此，就算在意也沒有用。

她們愉快的對話被突如其來的聲響打斷，那是有些刺耳，餐具碰撞所產生的噪音。浩瑜暗暗嘆口氣，這個舉動被又夏看在眼裡，她正想開口問，就被轉移了注意力。

「無能力者怎麼會在餐廳吃飯呢？」來者用難聽的聲音說著，「廁所不還有很多空位嗎？」

偶爾還是會發生這種事。好無聊啊，老套的霸凌劇情，演到都不想看了。

又夏學著浩瑜嘆了口氣，「妳來得太晚了，我已經吃完了喔。」

在室內鞋裡放圖釘、用垃圾塞滿置物櫃、在課桌寫上難聽的句子，這些亂俗的事又夏都已經遇過了，還都不止一次。

她只覺得這些人很無聊。

尤其是眼前的人，明明是優秀的魔法使，卻總愛來找麻煩。她長得還算標緻，只不過那副嘴臉，讓人很難稱讚她。明明身為混校理事長的女兒，怎麼就如此缺乏教養呢？

「李家寧，我勸妳最好閉嘴喔。妳還記得上次的下場吧？」秋天頭也沒抬，只是一個勁地滑動手機螢幕，但擺在桌上握緊拳頭的左手透露了她的情緒。

上次也是差不多的情境，秋天實在受不了朋友被羞辱，便不顧浩瑜的阻止召喚使魔出來。由魔力組成的黃金獵犬咬得李家寧滿頭口水，原本引以自豪的紫色長髮變得不堪入目，就連制服也破了幾個洞。

當時引起了不小的騷動，連教官都跑來餐廳關心，隨後，學校便公告「禁止在學生餐廳召喚使魔」這條極其針對的校規。當然，機構也對秋天實行懲處，算是兩敗俱傷。

「妳再試試看啊？會退學的唷？」李家寧提高音調，聽起來更加令人討厭。

如果沒有實際上的霸凌行為，又夏便懶得做出更多反應。她瞥了一眼浩瑜，而後者在她的意料之內，自顧自地享用著午餐，完全沒有想反擊的意思。

又夏晃晃頭，「妳沒有朋友嗎？如果沒有的話，」她的語氣充滿同情，「我是很樂意讓妳坐我旁邊啦，無能力者旁邊還蠻適合妳的。」

正在喝湯的浩瑜嗆了一大口，她急急忙忙放下湯碗，拿過秋天遞給她的面紙，摀住嘴巴，不曉得是在咳，還是在笑。

隨著湯匙掉在地上的聲響，李家寧將手中的餐盤朝三人潑去。

秋天下意識將浩瑜擋在身後，而又夏身旁瞬間亮起藍光。

又夏沒想過李家寧會在眾目睽睽之下做出這種事。她和李家寧沒什麼深仇大恨，印象中，只在剛入學時說過幾句話，甚至還曾以為能跟對方成為朋友。可是不知道從什麼時候開始，只要李家寧見到她，就只會惡言相向，明明什麼事都沒做，還是會招來酸言酸語。

不過，無能力者的地位就是如此，又夏已經習慣了，何況有時候討厭一個人本就不會有理由。

即便她習慣了，但做出傷害人的事，還是得遭受報應的。

嘈雜的學生餐廳轉為寧靜，李家寧想說些什麼的嘴張到一半，幾個看好戲的同學停在原處，餐廳阿姨利用魔法往排隊同學碗裡倒的湯，也隨著湯勺滯留在半空中。

又夏瞇起眼睛，看著停留在秋天面前，那些來自李家寧餐盤上的午餐。

「做這種事，品味真差啊。」

換作是她，絕對不想讓爭吵和食物扯上關係，不僅會把環境弄得一團糟，還可能會影響到局外人，不管怎麼說，學生餐廳都是個公共空間。

她站起身，將椅子向後靠，偌大的餐廳裡頭，只有椅腳和地板摩擦的聲響，若是第一次見，肯定會覺得這樣的場景有些詭譎。

不過，又夏已經見過千百次了。

撿起李家寧方才弄掉的湯匙，又夏先是把餐盤放到桌上，接著慢條斯理地將滯空的食物全舀回餐盤裡，這部分稍嫌耗時，但她並不介意。

又夏退後一步，摸著下巴端詳那張略顯猙獰的面孔，然後從口袋裡掏出一枝奇異筆。正準備在李家寧臉上下筆時，後方傳來的鏗鏘聲劃破寧靜，也打斷她的動作。

林又夏猛地回頭，和一臉驚慌的秋天對上視線。

「欸？」

「呃、欸？」

「妳『欸』個屁啊。」許浩瑜的聲音充滿無奈，「妳這傢伙真是的……」

「沒辦法啊，撐太久很累耶！」秋天彎腰撿起湯匙，「又夏妳繼續吧。」

看著眼前兩人一副司空見慣的模樣，又夏半句話也說不出口。她拿著筆蓋，先指著秋天再指向浩瑜，「這、這是怎樣？」

「妳先畫完吧。」浩瑜拿起碗，瞇眼看著一動也不動的湯，「等一下再解釋。」

「是啊，魔力總是有限的，妳先做完重要的事。」

先不說「重要的事」居然是惡作劇，這兩個人究竟為何可以像是什麼也沒發生？

又夏環顧四周，學生餐廳內仍是時間暫停的狀態，窗外的鳥也停在半空中一動不動。魔力的剩餘量依舊充足，自己的身體完全沒有不適，所以並非是能力出了問題。

有問題的，是許浩瑜跟秋天。

「妳們好可怕……」

「可怕的是妳喔，林又夏。」

秋天撐著桌面站起身，伸手接過又夏手中的奇異筆，「我來畫吧。」

後者愣愣地任由秋天將筆拿走，而浩瑜嘆了口氣。

02

按理來說，正常人在時間暫停之後不應該還能動。林又夏並非自信過度的類型，能力可以做到什麼程度，都是一次又一次試錯後得出結論的。

小時候，魔力發展尚未完全，她無意間發動過幾次能力，在那時，院長奶奶仍可以自由活動，孤兒院內的其他孩子則不行。時鐘指針是停滯了沒錯，可很明顯的，當時的又夏不足以讓能力在奶奶身上生效。

幾年下來，隨著又夏的成長，不僅奶奶，就連魔法學校的老師、校長都會受她的能力影響了。

魔法是有所限制的，譬如能力為「發明」的機械使，並不能創造出自身無法想像的事物；能力為「冰」的魔法使，僅能在有水源的場域製冰。握有特殊能力的又夏無法從前人身上學習，只能自行推導「時間」所適用的規則，但到了今天，除了「魔力量比自己大的人不會受影響」外，她找不到其他規律。

而又夏的魔力量也隨著年紀增長，若不是奶奶教她如何抑制，大概不出一天就會被政府機構偵測到了吧。

又夏學會觀測魔力量的第一天，就將視線所及的大人全都查看一輪，連深諳魔法的「混合者」校長魔力量都和她差上一大截。換句話說，在魔力量上，她不需要擔心輸給任何人。

身旁的兩名特殊能力者和她的魔力量差距雖沒到天與地，但還是差距甚遠。秋天還好，算是正常國中生的狀況，浩瑜則有些微妙，時而強、時而弱。

無論如何，都不是能夠無視「時間」的程度。又夏一面思考，一面握緊拳頭。魔力的感覺十分清晰，流向也很明確，所以並不是身體出了問題。她嘗試將魔力聚集到浩瑜身上，然而那人眨了眨眼。

除了能力為何能被無視，又夏還擔心另一件事——許浩瑜和秋天能信任嗎？身為政府機構管制下的特殊能力者，真的不會將同學握有「時間」能力一事告知上級嗎？就算不願意說，依照耳聞中機構的慣例，也會被逼問出來吧。

對方的表情看起來很平靜，讓她更猶豫了。一點驚訝都沒有，並不像是第一次看見「時間」的發動，但又夏思考過後並不覺得意外，若真不受影響，那麼過去肯定也有多次像今天的狀況發生。

想到自以為神不知鬼不覺的時候，有兩個人把自己做的一切盡收眼底，讓又夏打了個哆嗦。

但是，如果決定上報機構，早就該那麼做了吧？秋天是一年級時認識的，浩瑜則是去年，起碼都有一年的交情了，在這段期間什麼也不做，並不符合人之常情。

「那個——」

「放心吧。」將湯碗放回桌上，許浩瑜撐著下巴，「沒事的。」彷彿看穿林又夏的所思所想，她的聲音很是沉穩，雙眼直視著又夏，看不出說謊痕跡。

「我們不會說出去的啦。」滿意地端詳自己成品的秋天蓋上筆蓋，「要說的話，早就說了吧？」

又夏嘗試從兩人如常的神情中找到一絲破綻，但眼前的她們實在過於誠懇。如果是自己的話，會怎麼選擇呢？無法真正設身處地的情況下，她沒有答案。

為什麼明明也是特殊能力者，卻不用被管制？若是像李家寧那樣的性格，肯定會問出這樣的問題吧。

或許她們真的不一樣。事到如今，能力已無用武之地，除了相信這兩個朋友，好像也別無他法了。

「謝謝。」糾結許久，在兩人的注視下，又夏只說得出這個詞。

察覺到對方的不安，浩瑜再次說：「沒事的。」

「魔力還沒問題嗎？」秋天傾身打斷浩瑜和又夏的對視，「我們先回教室吧。」

「啊，嗯。」

離開學生餐廳之前，又夏回頭瞥了眼和其他人一樣停滯在原地的李家寧，那張漂亮的臉龐被畫滿塗鴉。應該會鬧得雞飛狗跳吧，但那是她自找的。能力是用來讓自己活得舒適一些的天賦，既然無法在其他地方受惠，那麼僅僅出一口氣也算不上犯罪。

因為這個世界已經那麼不公平了嘛。看著走在自己前方的兩人，林又夏不禁這麼想。

如果可以的話，她衷心希望她們可以獲得自由。不過，這也只是幻想而已。畢竟即便身處魔法如同日常的世界，握有他人想像不到的能力，還是有很多、很多做不到的事。

「等等。」

夏日計劃

回到教室後，在又夏準備解除能力時，浩瑜阻止了她。

「嗯？」又夏輕輕握了握拳，魔力殘餘的量雖然還不至於讓人累倒，但也不適合繼續施放下去，不過這是面子問題，總覺得自己示弱的話，會被對方嘲笑。「還有什麼事嗎？」

「這週末能出校嗎？」好像是錯覺，浩瑜說這句話的語速在又夏耳裡聽來比平時快了不少。

「欸？現在申請的話，應該可以吧？」

雖然也得確認不是去娛樂場所才行，不過許浩瑜無論怎麼看都不像會去那種地方的人，這點應該不用擔心。依照又夏對她的了解，最後目的地不是書店，就是圖書館，學校不至於會因此阻止學生。

「那就麻煩妳申請一下了。」

就算心裡已經決定答應，可腦袋還沒完全反應過來，又夏有些慌張地抓住浩瑜的衣角，即使對方根本還沒有要離開，「太突然了吧？」

「理由就填要去踏青。」

「哈？」

「還是爬山？之類的，總之不是什麼奇怪的地方，妳放心。」浩瑜捏著又夏的手，像是在拿垃圾一樣，將其放到桌上。

「爬山……妳是老人嗎？」

「就當作替妳保守秘密的報酬。」

不管怎麼說，這報酬也太廉價了。說實話，就算浩瑜要的是錢，又夏也會想辦法分期付款，看是要打工還是做什麼都行。

還是，許浩瑜是想把自己賣掉？想到這裡，又夏打了個冷顫。浩瑜那張臉哪時露出陰險的表情，她好像都不會太意外。畢竟自己年輕、長得好看又擁有特殊能力，若真賣給人口販子，肯定能比上報機構拿到更多錢吧——

「喂，妳是不是在想很沒禮貌的事？」浩瑜打斷又夏腦海中的黑暗幻想，替代陰險表情的，是「這人是笨蛋吧」的關懷眼神。

「才沒有。」

看來是不想再跟又夏對話，浩瑜擺擺手，「就這麼說好了，記得申請喔。」

沒等到隔天，李家寧的事就傳得全校都知道了。據說她本人一直堅持臉上的塗鴉是林又夏所為，到處嚷嚷著要讓她退學，卻無法拿出任何證據，最後被其他同學嘲笑一番。

李家寧原本在學校就不怎麼受歡迎，此時地位又變得更低下。又夏有點同情她，正想為李家寧做些什麼，但立刻就被秋天阻止了。

「又夏，跟我複誦一次，『活該』。」

「什麼啦……」

「活該。」沒想到許浩瑜會這麼配合，面無表情地說出這兩個字，有些令人發笑。

在秋天凌厲的視線之下，又夏也只好照做：「……活該。」

03

要死了。看著不斷向山頂綿延的石製階梯，林又夏在心裡吶喊。

「還、還有多久？」

「快到了。」走在大約十個階梯前的浩瑜如此回應，連頭都沒有回，說起話來相當平靜。

「妳十分鐘前就這麼說了！」

「吵死了，」浩瑜有些不耐煩，「妳不是國中生嗎？」

說得好像妳不是一樣！又夏暗想，她本想直接反駁，最後還是決定省下力氣，認命地前進。

登山步道是她從未想過居然會來的地方，本以為許浩瑜要自己在申請表上填寫「爬山」只是為了掩人耳目，沒想到還真到了山上。為了來此，她們坐了好幾個鐘頭的火車，途中又夏睡睡醒醒好多次。

登山步道以石頭鋪設，右邊是遼闊的大海，左側是陡峭的山壁，景色還算美麗，不過又夏沒有心情賞景。

她並不是真的累，而是面對沒有盡頭的事，總有些不耐。這樣稱為三分鐘熱度嗎？好像並不準確。只是，自己不喜歡做無法立刻看見成效的事情。因為興趣而開設的鋼琴頻道，每每譜好曲，借了學校的音樂教室錄好音後就會急著上傳，而也正因沒有好好編曲，聽眾一直不多。

許浩瑜曾說：「妳就改拍影片，臉也入鏡就好了嘛。」雖然也認同這麼做就會有流量，但又夏對露臉沒有太大的興趣。而且，不必那麼做就會有聽眾了，她懶得做更多，何況也沒有足夠的設備能拍攝。

簡而言之，她喜歡一下就見效的事。

邊思考邊走路，好像能稍微忘卻一些疲勞。轉眼間便離山頂不遠了，她不禁加快腳步，許浩瑜反而停了下來。

「林又夏。」

「嗯？」

「妳覺得，這世界上妳不知道的事，有多少？」

不多吧，大概？畢竟是特殊能力者啊。可是，那天在學生餐廳便發現了自己或許也不特別。雖然又夏不曾對那天的事表現出特別的情緒，但她確實因此受挫，後來，她沒有再發動過能力。

她思考了會，最後回答：「應該很多吧。」

「如果一瞬間讓妳知道很多事，妳承受得了嗎？」

「什麼意思？」

「就是，」許浩瑜的表情看來像是在斟酌用詞，「現在讓妳取得不屬於『此時的妳』的記憶，妳能保證不會崩潰嗎？」

光是透過學校課程汲取知識，又夏都不擅長了，好幾次考前都差點哭出來，遑論什麼「不屬於自己的記憶」。

看著浩瑜嚴肅的神情，她猶豫地回道：「不保證。」

什麼事都不會更意外了，在驚覺有人不被「時間」控制以後。要說她適性很強也不完全正確，只是不接受也不行罷了。

浩瑜抿了抿嘴唇，總覺得她此時的眼神有些憐憫，但又夏說服自己那是錯覺。

「那就當作是妳『想起來』好了。」

「一樣意思吧？」她不禁吐槽。

望向海的浩瑜摸摸下巴，「那換個問題。」

「好熱啊，快問。」

「假設有個人需要妳去找她，而妳得要有『那些』記憶才行，妳願意嗎？」

「誰？」

「嗯……」浩瑜若有所思地看向天空，「一個很喜歡妳，妳也喜歡她的人。」

「欸？帥哥？」

又夏的疑問讓對方皺起眉頭，「下山吧。」她的語氣從方才的懷念瞬間變得冷冰冰。

「喂喂，」又夏擋住了浩瑜的去路，「好嘛，對不起，我開玩笑的。」

從有記憶開始，無論是男性還是女性，又夏沒喜歡過任何人。或許也跟她在充滿歧視的環境下成長有關，即便別人對她有興趣，最終也會因為無能力者的身分打退堂鼓，印象中也有幾個因為外貌而主動靠近的勇者，最後都不了了之。就算真如浩瑜所說，李家寧喜歡自己，看那表現出來的模樣就能知道，大概也不會是什麼健康的情感。

我這種人是不可能談戀愛的。又夏打從心底這麼想，身邊的兩名好友也是因為她們擁有特殊身分，才會聚在一塊。反正並不想隨便跟人交往，目前就這樣也無妨。

不過，認真想像的話，好像完全無法把自己套進任何常見的戀愛關係裡頭。

「……要是知道的話，一定會哭個三天三夜。」

「什麼？」

「沒事。」浩瑜搖搖頭，「所以呢？妳做好覺悟了嗎？」

是在說「記憶」的事，對吧？她沒有問出口，只是靜靜地回望對方。此時，又夏才反應過來，許浩瑜知道的事，似乎比她想像得還要多，這一年多來，她為什麼都閉口不提呢？還是在等適當的時機？

難道是在等自己發覺從小最自傲的能力對她們不管用嗎？又夏越想越昏頭。如果取得浩瑜口中的「記憶」，說不定就能有答案。可是為什麼她不直接說出來？

果然，即便是朋友，也會有互相隱瞞的事情吧，是自己發現得太慢了，又夏從沒想過能力會有不奏效的可能性，所以未曾仔細觀察過身旁的人。還以為自己並非過度自信的類型，這樣看來，豈不是自負得不得了嘛。

「我——」

浩瑜抬起手阻止又夏的發言，「先說，我不會勉強妳。」

「我知道。」

「但還是希望妳在大考前能夠取得記憶。」浩瑜頓了一下，「畢竟那是屬於妳的記憶，無論妳接不接受。」

大考之後會不會同校還是未知數。許浩瑜說的時間點很合理，彷彿預見所有可能性

——對了，畢竟「預視」就是她的能力。

浩瑜幾乎沒有主動提過自己看見什麼，想當然又夏也不會問。據說違反制約是會有「懲罰」的，又夏並不想看許浩瑜承受那樣的痛苦。

與其說是出於恐懼，不如說是討厭自身的無能為力。光是想像朋友因為制約而受折磨，自己卻什麼也做不了，只能當旁觀者，對又夏來說也是一種折磨。

所以，若在自己的能力範圍內能做到的，只要許浩瑜提出，她都願意做。畢竟，做不到的事實在太多了。在一次又一次把時間暫停，甚至推進與回溯後，林又夏也有些訝異自己尚有人性善良的一面，沒有因為逆天的能力而走偏。

「我願意。」

浩瑜的表情頓時扭曲，「別弄得好像我在求婚一樣。」

又夏遲了一點才反應過來，「才、才不是那個意思！」她覺得自己方才的想法全該收回，這個人才不值得付出呢。

「我知道了。」浩瑜再次走向山頂，「走吧。」

山頂比想像的還要空曠，只有一顆大樹矗立在草地中央。那棵大樹閃著藍色的光芒，讓景象變得有些奇異。樹枝上結著同樣泛著藍光的果實，不過近看的話，會發現果實是普通的橘黃色。

不遠處的浩瑜顯得有些困窘，盡全力踮起腳，卻怎麼也無法碰到樹枝。

「對了，秋天怎麼沒來？」又夏靠近對方，這才想起似乎少了個跟班。

「她忘了交假單。」浩瑜的語氣無奈，「我已經提醒過好幾次了。」

這確實很像是秋天會做的事呢。又夏想著，以前同班時她也經常提醒秋天交作業。

夏日計劃

即使不好好寫功課，那傢伙的成績還是名列前茅，真是不公平。
「如果她有來，看是召喚長頸鹿還是什麼，很快就能摘到吧。」
「是啊。」
在又夏的印象中，幾乎沒有秋天「召喚」不出來的動物。不過，和其他僅擁有單一使魔的魔法使不同，秋天的能力是利用魔力形塑出腦袋所想的動物。
要說那些動物是否擁有實體，應該只有秋天曉得，而又夏想像的，是秋天腦中有一座動物農莊。她沒和本人求證過此事，總覺得說出口，會被對方嘲笑自己想像力太豐富。
光是能隨意召喚出一隻老虎就很驚人了，要是秋天還有其他更出乎意料的能力，又夏也不會太意外。
浩瑜看著用盡力氣還是碰不到的果實，有些挫敗。她瞥了一眼林又夏，對方雖比她高一點，卻仍是有些可惜的身高。
擔心自己會錯意，又夏試探性地確認：「妳想摘那個果實，對嗎？」
「嗯。」像是被看穿一般，浩瑜露出不悅的表情。
「熟一點的話，果實會自己掉下來吧？」又夏瞥了眼草地，有些許已腐爛的果實殘骸，「我試試看。」
「移動」單一物件的時間。

去年暑假，林又夏收到一束沒有署名的花。待在宿舍也沒事可做，她便利用那束銀蓮花練習了不少魔法，其中便包含她此時準備使用的技能。

魔法使隨著年紀增長，會自行覺醒能力的進階技能，就像秋天肯定也不是一開始就能形塑出老虎。除了依賴天賦，當然還有大量的練習，不少魔法使都是透過鍛鍊，才將能力使用得爐火純青。

雖然又夏在學校是受魔法使體系的訓練，但礙於無能力者的身分，她不可能依靠教師們獲得關於「時間」能力的知識，幾乎所有技能都是她自行摸索而來。

那束銀蓮花，到現在依舊完好如初地待在宿舍的桌上。

一開始需要觸碰，到最後連接觸都變成非必要條件，僅需將物體完整納入視線即可。又夏也有些驚訝自己的進步速度，說不定未來有機會將技能更加升級，她仍不斷地在練習。

她後退一步，看著浩瑜方才想摘的那顆果實，又夏身邊泛起藍光，與樹木的光混在一塊，變得有些刺眼，令浩瑜瞇起雙目。不出幾秒，果實便落了下來，彷彿沒有重量那般，飄進浩瑜手裡。

「妳真是可怕的女人。」

「我就當作妳是在稱讚我了。」

浩瑜低頭看了看那顆和她右手掌心差不多大的果實，「原理就是『讓單一物體的時間前進或後退』，所以妳讓它的時間往未來前進一點，這樣對嗎？」

「嗯。」

非常簡單易懂，又夏就喜歡直接一點。

就算是擁有相同能力的魔法使，還是會因為性格不同，在使用能力時有屬於自己的風格。雖然目前尚未遇過也使用「時間」的人，但又夏清楚自己的風格大抵就是「簡單且粗暴」的類型。

「可以隨意控制整個世界的時間，別人的、其他事物的，都可以？」

面對浩瑜的問題，又夏欲言又止，最後說：「不。」

「嗯？」

要將底牌掀給許浩瑜看嗎？不過，憑她的腦袋就算用猜的也能明白吧，關於只要魔力量大過自己，便可不受「時間」控制這回事。又夏見識過浩瑜的聰明，也因此感到猶豫，要是對方想對自己不利，現在所有暴露出來的弱點都足以致命。

似乎是察覺到又夏的遲疑，浩瑜微微低下頭，令人看不清她的神情。

「妳在擔心什麼？」

「不、不是……」

「在前一個時空，我想過，如果有機會跟妳當朋友的話，一定要試試看。」

「欸？」

資訊量過大，讓又夏瞪大雙眼，頓時說不出話來。因為看不見浩瑜的表情，所以她無法判斷對方的發言是否為玩笑話，但聽語氣，很明顯不是，許浩瑜平時也並非愛開玩笑的性格。

「試了之後，覺得還不賴。妳挺笨的，雖然很麻煩，但相處起來沒什麼壓力。嗯，大概是因為沒有陳晞吧。」

「等等！」

前面半句聽起來不曉得該高興還是生氣，而後段突然出現陌生的名字，一切都令又夏無法反應。她慌張地抬起手，示意許浩瑜先暫停發言，但被對方完全忽略。

「果然，還是有陳晞會好一點，妳『現在』有點無聊。」

怎麼好像不斷被貶低？即便還沒完全理解，但又夏唯一感受到的便是自己似乎被浩瑜完完全全地看不起了。

「所以，吃掉這個吧。」抬起頭的浩瑜朝又夏伸出手，此時她神情平靜，即便看見表情，仍然很難猜出她真實的想法。

「這個？現在？」

「別擔心，我跟妳不一樣。」

又夏愣愣地接過果實，感受到重量後，急忙地說道：「等一下——」

「我可是早就有計劃了。」浩瑜看向大樹，「而且，我可是看得見未來的人。」

04

林又夏通常都表現得不太像國中生。

雖然許浩瑜並不覺得自己老，但以時間來算，這已經是她有記憶的第三次人生了，她也沒想過，居然真的有一天會把「下輩子」和「下下輩子」都給出去。

總之，就算最多只活到三十幾歲，她也已經度過總和近七十年的人生了。不過，回想起她最初遇見的林又夏，那名在各個時間線穿梭的魔法使，並不讓人感到特別成熟。

想到這，浩瑜就不禁嘆息。也許正是林又夏那種性格，才能不斷地重來吧，光是這三次，她就覺得真的夠了，若還得再重來，一定會發瘋的。但陳晞希望的話——不，她會選擇先給那傢伙一巴掌再考慮。

第三次人生，浩瑜和又夏成為了真正的朋友。有些微妙的友情是浩瑜有意為之，若不是有過往的經驗，按個性，她很難自然而然跟又夏「那種」女孩成為朋友。

外表漂亮，但在學校不怎麼笑，一副高嶺之花的樣子；說起話來意外溫柔，不過，除了課堂上的發言，也沒幾個人聽過她私底下的聲音；腦袋並不靈光，除了特定科目，其他項目的成績都差強人意；透過判定，被安上了無能力者的稱號，沒有特長，頂多只能用微量的魔力治癒花草。

在外人眼裡，林又夏是難以接近，也不一定會想接近的人。

實際接觸林又夏後，不難理解為何陳晞會對她如此傾心。作為朋友，雖然少了捉弄的樂趣，但比起過去看到了更多面向。小學時對無能力者的霸凌狀況比國中還嚴重，當時的浩瑜選擇旁觀，畢竟，她相信能夠不斷穿越各個時間線的林又夏，有足夠能力自行處理這些問題。

每當感受到時間被暫停，浩瑜都有些無奈，不過這便是又夏得獨自面對的，每一個時間線的她肯定都是如此成長，如果無端涉入，並不會帶來好效果。

當然，若「預視」到林又夏有生命危險，她偶爾還是會出手。讓一個小學生改變放學路線，對浩瑜來說輕而易舉。

沒有前幾輩子的經驗，林又夏處理問題時稍顯青澀，但仍能看出堅毅。雖然遇到大一點的事件會消沉一陣子，可很快又能打起精神。偶爾也會露出世界虧欠她的氛圍，不過，許浩瑜不常聽見她有所抱怨。

該說是太過成熟嗎？總覺得這樣形容林又夏很奇怪，不過看在心智年齡早已成年許久的浩瑜眼裡，還是個孩子的又夏能夠健康地成長到現在，是非常不容易的事。每次想到這裡，浩瑜都覺得自己活像個母親，有些可怕，她可不想當林又夏的媽媽。

不過，她是真心那麼想的，也真心覺得和林又夏當朋友是正確的選擇。這一年多她過得還算開心，比起前兩個時空，對又夏有了進一步的認識。

所以說實話，許浩瑜猶豫了。真的要讓她吃下世界樹的果實嗎？若吃下後沒有反應，代表推測錯誤，又夏的一部分並不像陳晞猜的那樣，被封印在世界樹裡。而要是真的有用，那又夏將會想起過往的一切。

能看見未來的許浩瑜其實早已知道結果了。

這沒什麼不好。能讓她去找陳晞，能讓她們兩個再次相遇，再談一次陳晞尚未好好體驗過的，夏天的戀愛。

不過，總覺得心底哪裡怪怪的。

看著手捧果實，一臉疑惑的林又夏，浩瑜不禁想反悔，可理智告訴自己不能那麼做，她握緊了拳頭。她也知道若自己現在反悔，把那顆果實拿回來後，會有什麼樣的結果。

如果又夏真的想起來，那麼這段友情也就結束了吧。大概是從國二到現在？到了這個時空以後，浩瑜覺得自己對時間的敏銳度降低許多，可能是受到又夏的影響。

「能跟妳當朋友，我很高興。」浩瑜遞出手帕，「擦一擦，吃了吧。」

又夏靜靜地回望她，眼神中沒有一絲懷疑。當朋友能當到讓對方如此信任的地步，浩瑜覺得自己也是挺努力的了。

「許浩瑜。」

感覺只要再過一分鐘，就會想要反悔。居然在祈求那不到一成的失敗率實現，浩瑜對自己感到十分不齒。

她避開又夏的視線，咬緊牙根，「別拖延啦，那應該不會不好吃吧。」雖然她也沒吃過就是了。

「不管發生什麼事，我都還是會跟妳當朋友的。」

「幹嘛突然說這個？」

「妳剛剛不也說了類似的話嗎？」

「妳話別說得太早。」苦笑著的浩瑜揉亂了自己的瀏海，「結果可不一定喔。」因為能看見未來，所以浩瑜並不像又夏一樣，能夠一頭熱地向前。事情的結果會如何，她早就知道了。所以，又夏吃下那顆果實後會變成怎麼樣，她其實已經心裡有底，只是——

「『預視』的結果，是會改變的吧。」又夏一面說，一面用手帕將果實擦乾淨，「所以只要讓結果改變就行了。」

就是這點啊。

看著又夏毫不猶豫地咬下果實，浩瑜總覺得自己打從心底理解陳晞了。

又夏將果肉吞下肚的那一刻，山頂颳起了強風，樹葉的沙沙聲和海浪拍打岸邊的聲響混在一起，浩瑜甚至都覺得自己的腳底即將離開地面，她緩緩蹲下，為了不被風沙侵

夏日計劃

襲，所以瞇起眼睛。

比她高了點、身形纖細的女孩佇立在狂風中，棕色長髮隨之飛舞。許浩瑜看不清對方的表情，在略微模糊的視線裡，只能稍稍看見那人和樹同樣閃著藍色的光芒。

許浩瑜低下頭，發動了能力。

結果和她上次看見的畫面並沒有太大差異。

待再次抬起頭時，呼嘯的狂風已經逐漸平靜，本來茂盛的大樹，此時已經接近凋零，彷彿一瞬間來到秋季。又夏踩過地面散落的樹葉，朝浩瑜走來。這時，浩瑜看清了她的表情。

又夏的眼神和皺起的眉間混雜了多種情緒，要是陳晞看見這幅景象，肯定會感到心疼吧。但她畢竟不是陳晞，所以浩瑜撇開了視線。

「喂！」

就說嘛——

「妳這傢伙！」

浩瑜從地上站起來，然後毫不猶豫地轉過身，「我先走啦。」她向後擺擺手，朝石階的方向走去。

「給我等一下！」

她沒有因為又夏叫自己等而停下腳步。

反正林又夏現在什麼都想起來了，大概只會覺得這一年多都浪費在討厭的人身上，而感到後悔吧。她不想在這裡多待一秒，回到前個時空那樣針鋒相對的關係也無妨，有什麼需要溝通的，還有秋天能當橋樑。接下來，就是陳晞跟林又夏之間的事了，沒有外人可以插手的空間。

根本就不需要覺得可惜。

可是果然，失去朋友的感覺讓人很難受。

許浩瑜握緊拳頭，接著身後傳來一聲悶響。她覺得不對勁而回過頭，卻和地上的又夏對上了視線。

「妳在幹嘛……」

「就叫妳等一下了！」又夏摀著紅腫的膝蓋，沒好氣地說道。

「沒必要跌倒吧？」浩瑜嘆了口氣，向又夏伸出手。

有些狼狽的又夏癟癟嘴，不甘願地握住對方的手，借力站起身，「妳以為我願意嗎？」

「所以，不惜跌倒也要說的話是什麼？」鬆開手後，浩瑜雙臂抱胸。

上次看見林又夏如此沒有餘裕的模樣，是在前個時空，當陳晞誤入「黑暗」空間的時候。「那個」林又夏比此時還要大個一歲左右吧，哭得一把鼻涕一把眼淚，像喪家之犬般跪坐在地上，很難想像跟最初那位討厭的魔法使是同一個人。

認識久了，就能發現林又夏其實也只是個普通的女孩子而已。即便因為越過多次時空，而表現得充滿餘裕，但也不過是個國、高中生年紀的小孩。以現在的思考模式回想起和林又夏初遇時的景象，說實話，在浩瑜眼中並沒有顯得多成熟。

大概，在每個時間線都不曾活過成年吧。因為沒人能回答，浩瑜就擅自把推測當作答案了。

「我說，妳在擔心什麼啊？」

「哈？」

面對不明所以的浩瑜，又夏一臉欲言又止，「我說，」她抿了抿唇，「妳為什麼一副以後老死不相往來的樣子？」

「……我才沒有。」

「許浩瑜。」

「幹嘛？」

「謝謝。」

浩瑜露出想吐的表情，「幹嘛啊，噁心死了。」

不理會對方沒禮貌的反應，又夏向前踏了幾步，「我們走吧。」現在的她比浩瑜更靠近石階。

「去哪？」

「不是要去找陳晞嗎？」

「嘖。」果然，所有難受的感情，都敵不過這種不爽的感覺。浩瑜也向前走了幾步。

「怎樣？」又夏有些不滿地提高音量。

「很久沒聽妳講她的名字了，感覺很奇怪。」

「會嗎？」她摸摸下巴，「確實呢，可能十幾年沒說過了吧。」

「走了。」浩瑜越過還在思考的又夏，率先走下階梯。

「喂！」

05

純白的空間裡，擺著大約十組課桌椅，其中兩個座位上有人。她們坐在一前一後的位置，高的魔法使正在用逗貓棒和老虎玩，而矮的魔法使則靠在椅背上，面前的書本自動快速地翻頁，兩人周遭都漂浮著藍色光點。

「看來妳們的關係還是一樣好呢。」

「並沒有。」

「嘴硬喔。」秋天摸摸老虎的頭，「不過，接下來就是她跟陳晞之間的事了。」

「嗯，是啊。」從語氣中聽不出浩瑜的情緒。

「太好了。」她輕笑兩聲，「終於又可以獨占妳了。」

浩瑜連頭都沒抬，「老是說這種話，妳真的都不會膩欸。」

「因為我喜歡妳啊。」

兩人之間陷入沉默，但秋天早已習慣如此。每次面對直球，浩瑜不知道該怎麼反應時，便會選擇安靜，這大概是一種無聲的抵抗吧。秋天也曾經覺得氣餒，不過她並不介意再多等一下。

反正都已經等了十幾年，再等下去也無妨。要是浩瑜讓自己等上一百年，她或許也會願意。

「學姊。」見浩瑜沒有反應，秋天改口：「浩瑜。」

「嗯？」

「又夏說記憶碎片是『散落』在各個時空的，所以別的時空也有妳跟我囉？」

「大概吧，不過不一定是每個都有的樣子。」浩瑜思考了一會，「就像『第一個時空』並沒有妳。」

「那麼不管是能遇到妳的我，還是來到『現在』的我們都很幸運呢。」

說是幸運也沒錯，不過能來到正確的時間線，最大功臣還是陳晞。因為不是機械使，所以秋天無法完全理解陳晞口中的理論，即便如此，仍然聽得出來陳晞是透過無數次的計算，才得出最終的參數。

陳晞利用魔力容器裝置使客房的電腦日夜不停地運算，大概所有可能性都已在陳晞心裡有個底，強大的毅力讓秋天不得不佩服她。

可是她依舊不懂浩瑜為何要對陳晞如此執著，甚至到了願意付出人生的程度。但若是角色調換，自己肯定也會為了浩瑜做同樣的事吧，這麼想的話，似乎就合理許多。

「那個任務，」浩瑜頓了一下，書頁的翻動也停了一秒，「已經完成了？」

「啊，嗯。」

會如此拐彎抹角地問，就是指「那個」吧。秋天停下手邊的動作，老虎也隨之消逝。

那天之所以無法跟浩瑜、又夏一起上山，就是因為「那個」任務的關係。並不是忘記請假，而是非得由她來執行才可以。只是果然還是無法說出口，才會隨意找個藉口。

她已經盡全力推遲了，那件事卻還是不可避免地發生。就算浩瑜告訴過她最終的結果，秋天依然有些難以接受。她還以為多一次機會，就能有更好的結局。

大概自己的命運便是如此。

她的家境和陳晞不相上下。父母作為優秀的魔法使被提拔成國家研究員，主導「方舟計劃」，說不定和陳晞的家人也打過照面。然而，似乎是因為揭露了不可告人的秘密，機構決定將他們抹除。

任務是由一張冷冰冰的紙派遣，而當沒有臉的男人來告知任務內容時，說話語氣一如往常沒有起伏，但卻有莫名的停頓，彷彿是在觀察秋天的表情。

秋天沒有哭，也沒有反應。雖然不明白父母為何堅持將自己送來機構，可她並不討厭他們，甚至無法想像不在機構成長的話，自己會變成什麼模樣。

殺掉他們的時候，秋天也哭不出來。這是第二次，即便再怎麼努力想辦法改變，卻還是得弒親。如果沒有跟浩瑜一起來就好了，悲觀的念頭在父母斷氣那一刻浮現腦海。

不過她很快便恢復理智。即便留在原來的時空，父母也不會回來，若浩瑜堅持要走，那結局就會只剩自己一人。秋天為了林又夏違反不少規定，就算逃過一死，也得面對其他懲罰，雖能依靠陳晞的庇護苟活，但無法持續太久。

總之，她相信自己做了最好的選擇，即使得面對第二次殘酷的場面。

「我請妳吃飯吧？」浩瑜沒有回頭，但聲音聽來比方才柔和許多。

察覺到對方的轉變，秋天不禁輕笑出聲，「這是安慰嗎？」

「說是約會的話，妳會好一點嗎？」總覺得浩瑜說話的時候有一絲不甘願。

「那妳要跟我交往嗎？」

浩瑜重重地嘆了口氣，「要吃就吃，不吃就不吃。」

「我吃、我吃。」秋天露出不由衷的笑容。

這才不是吃一頓飯就能得到安慰的事呢。秋天看向純白的天花板，想起那件被濺上血跡的帽T，大概只能丟掉吧。明明刻意站遠了，也特別使用將來不會再用的動物，卻還是逃不掉。

本來以為自己早已沒有感覺，但仍會難過。要在這種時候才能感受到自己是個人，秋天替處刑人這項職業感到可悲。

「有什麼需要幫忙的，隨時都可以跟我說。」

秋天閉上雙眼，「答應跟我交往的話就幫大忙啦。」

翻頁聲平息下來，浩瑜轉過身，她身邊的光點漸漸消去。

用猜的也能知道她此時肯定擺著一副嚴肅的表情，所以秋天並沒有睜開眼睛，比起皺著眉頭，她更喜歡浩瑜笑起來的樣子，在成熟中帶有一絲孩子氣。

「我可是喜歡著別人，喜歡了好幾十年喔，秋天。」

「我知道啊。」

不用特別說也知道。即使自己沒有經歷過浩瑜口中的「第一個時空」，也看得出來許浩瑜究竟有多麼喜歡陳晞。雖然時至今日，秋天還是不懂那傢伙究竟哪裡好。

除了長得高、能力有些特殊，秋天覺得自己沒有比不上陳晞的地方。何況，她有自信能對浩瑜好一千倍。

「就算真的交往了，妳也不會開心的。」

「我會。」

「秋天——」

睜開眼的秋天有些惱怒地打斷浩瑜，「我開不開心，是我說的算吧？」浩瑜頓時語塞，而說話的人晃晃頭，「浩瑜，妳太小看我了。」

「我沒有……」

反正已經沒什麼能夠失去的，她只需要專注在浩瑜身上。

還要再等多久呢？她知道浩瑜無法回答，就算回應了什麼，也只會是拒絕。但是，沒有獲得答案也沒關係，因為結論早就很清楚了。

「我會繼續提醒妳的，直到妳願意跟我交往為止。」

06

鐘聲響起，老師宣布下課，看著桌上那張被紅筆圈得毫無縫隙的數學考卷，林又夏嘆了口氣。

自從知道會被許浩瑜跟秋天察覺，她就不曾在學校發動過能力，就連她自己也不曉得是因為怕丟臉，還是別的原因。又夏不喜歡作弊，但是無法利用能力取得分數也讓她有些受挫。

能力的用法是倒轉時間讓老師再把題目講解一遍，而不是利用暫停時間直接看班級第一名的答案，這是又夏所堅持的。不過，都已經知道許浩瑜不會受影響了，她就做不出這種事。

總覺得會被那傢伙嘲笑。想到浩瑜嘲諷的神情，她就渾身不舒服。

浩瑜不知何時走來又夏身邊，拿起桌上的數學考卷，她露出嫌棄的神情，「禮拜一給妳的題目做完了沒？」

「快了。」像是被嚴母責罵般，又夏回話時有些唯唯諾諾。

「太慢了吧，不是才五十題？」浩瑜嘆了口氣，「這樣會來不及的。」

「太嚴格了吧？」

「這是妳的問題，妳要自我反省，好嗎？」

秋天說得沒錯，她們倆的關係沒有因為又夏找回記憶而改變。雖然多了一點熟悉的針鋒相對，但這感覺並不壞，反而更為自在。

對於許浩瑜沒有直接跟自己說明一切，又夏稍有不滿，可後來想想，對方的選擇算是近乎人情，無論是誰都不會相信朋友某天突然說的一句：「我在上個時空就認識妳了喔。」

若換做是自己，大概也會像許浩瑜那樣，重新認識對方，然後再和她當朋友吧。因為能力的緣故，又夏總是認為從頭來過並非壞事。

「妳就不能跟我說我到底會不會錄取嗎？」

許浩瑜肯定看過了吧，說實話，又夏不用問也知道答案。只是親耳聽見和自己猜測，還是有很大落差。

「妳很煩欸，要是會的話，我也不用花時間幫妳找這些題目了吧？」

「太過分了……」

「過分的是妳！今天就給我寫完！」

如果是陳晞的話，一定會很溫柔地教導。在浩瑜的嚴厲指導下，又夏時不時會想起陳晞。

大考分成術科和學科，術科方面就是測驗魔法使的基礎能力，這方面不需要浩瑜擔心，又夏總能在不暴露的情況下得到應有的分數。學科有五大領域，文科對又夏而言都算輕鬆，只有數理實在不拿手。她從小便是如此，就算再怎麼努力練習解題，得分老是少得可憐。

浩瑜跟秋天花了不少力氣指導她，偶爾會拖到前往機構的時間，需要又夏發動能力，這也讓她漸漸不那麼排斥使用「時間」。和過去不同的是，她變得有些戰戰兢兢，深怕還有人跟秋天、浩瑜一樣，不受自己的能力影響。

那麼，陳晞呢？

在前個時空，陳晞並不受「時間」影響。一方面是因為能夠凌駕所有能力的「秩序」，另一方面則是她擁有巨量的魔力。可是在這個時空就不一定如此。

若陳晞握有的記憶碎片和前個時空不同，便不會擁有那份強大到過頭的力量。

記憶碎片——這是隨著吃下果實而想起的名詞。在原先的時空，陳晞就提過幾次「之前的自己」，但那是又夏從未見過的時空。而幾個陌生卻熟悉的名詞，大概就是「那個」時空的記憶吧。

即便擁有零碎記憶，又夏仍感到陌生。

因為那並不是我——她無法忽略，也不可能忘記這點。

據浩瑜所說，幼稚園遇見時，陳晞還只是個孩子，雖然性格超齡，不過沒有流露出特殊能力的跡象，相處下來也並不覺得她擁有前個時空的記憶。想到心靈早已成熟的許浩瑜得花上幾年陪幼稚園的小孩玩，又夏就不禁覺得有些好笑。

陳晞大概已經忘記所有事情了吧？又夏如此猜想。那麼，陳晞現在會在哪裡？做些什麼呢？這一切都得等到離開魔法使學校，才有辦法獲得正確答案。

前提是自己要能考進混校才行。

混校歷史悠久，身為國家研究員的陳晞父母也是從那裡畢業，錄取分數比一般只提供給魔法使就讀的學校還要高上不少，而機械使和魔法使一起上學，更是當年的創舉。和錄取門檻相符，教師都來自十分頂尖的大學，同時，混校也是進入政府機關工作

夏日計劃

的跳板，特色之一便是能夠透過多種管道修習政府提供的特殊課程。

雖然又夏對政府機關工作一點都沒有興趣就是了，身在機構的秋天跟浩瑜大概也不需要這項福利。

因為是培育出許多優秀魔法使、機械使的高中，所以經費相對比其他學校高，能獲得更優良的學習環境，這點是無庸置疑的。

更重要的是，混校座落於又夏出生的街區。要是成功錄取了，她就能離開魔法使街區，回去孤兒院。院長的年紀大了，妹妹們都還小，又夏很是擔心，能越早回去越好。

畢竟，孤兒院是她最想守護的地方。

黑暗的房間裡，室友已經睡了，又夏點著小燈，與許浩瑜給她的題目奮鬥著。她日復一日地熬夜，如果那麼努力了都還無法錄取，就再來一次，即便會被浩瑜嘲笑，她也不介意。

說起院長，在上個時空的最後，自己昏倒後，究竟發生了什麼？浩瑜沒有回應，秋天也只說她忘了。虧又夏還分開問她們，結果兩人像講好的一樣，用盡各種方法逃避問題。

有機會的話，一定要逼問奶奶，讓她把一切解釋清楚。又夏在心裡發誓。

熬夜令又夏浮現出黑眼圈，某次整晚都在解題，隔天到校時被秋天嘲笑了一番，因為她的皮膚本就白皙，只要一有瑕疵就會顯得十分清楚，不過她也顧不上那麼多了。

她有些想不起來上個時空是怎麼考進混校的，似乎國中一畢業，她就把學習到的知識全都還給老師了。這樣想起來有些慚愧，總覺得自己很不成材。但事到如今，除了努力唸書也別無他法。

浩瑜替又夏做了個表格，只要照著上頭的進度慢慢複習，一定可以在大考前大致熟絡命題範圍。許浩瑜為何要為自己做那麼多，又夏也有些好奇，她依稀記得，許浩瑜曾說過願意為陳晞付出一切。大概就是戀愛情感吧？

說實話，又夏此時也不知道自己對陳晞是怎麼想的。遺留的情緒剩下「希望陳晞不要死掉」，然而現在，陳晞已經不會死了。那麼，自己又是為什麼想要見到她呢？

想見她、想念她、想再次和她待在一起。這會是跟許浩瑜一樣的感情嗎？又夏不敢斷定，只知道自己此時的選擇並不正常。

陳晞還會像上個時空一樣喜歡自己嗎？又夏突然疑惑，也有些害怕。如果陳晞最後選的是許浩瑜，似乎也不讓人感到意外。

可是總有點介意，雖然現在介意也沒什麼用就是了，所以她決定把這些雜念拋到腦後。接下來的時間，又夏幾乎沒有休息，日日都點著黑暗中的小燈，就連室友也勸過她幾次。

即便如此努力了，還是到大考前一個月，才把所有考試範圍讀完。

許浩瑜似乎對又夏的進步很訝異，在又夏把最後一張試題卷遞給她，要她看看哪裡有問題時，那張有些嬰兒肥的臉上露出複雜的表情，讓又夏不知如何是好。

觀察著浩瑜的表情，又夏一臉緊張，「怎、怎麼了？」

「只錯了一題呢。」

「居然——」她將試題卷拿回來，「居然還有錯嗎？」溫柔的聲音透露出氣餒，又夏看著題目，皺起眉毛。

「已經進步很多了，就算沒有全對也沒關係。」

聽著對方彆扭的語氣，又夏總感覺全身不舒服，「……妳這是在稱讚我嗎？」

「並不是，我是在叫妳感謝我。」

剩下的一個月，除了繼續練習題目以外，又夏還把一部分時間拿去練習術科。雖然以實力來說，她完全不需要擔心術科成績會低於前標，但總有些不安。越有把握越會出問題，這是她在那成千上萬的數學題中學到的。

如果哪裡出了差錯，就算是把時間倒退回去就能好的事，可一想到得面對許浩瑜的責備，又夏就覺得毛骨悚然。

幸好秋天願意不厭其煩地陪她練習，只要又夏一不小心漏出過多魔力，她便會出聲提醒。對又夏而言，難的並不是術科考試，最令她擔心的，是被老師們發現她其實不是無能力者。

無能力者的定義，是「沒有特定能力」的人，魔力量並非為零，而是僅擁有微量的魔力，因此無法構成穩定的力量驅動任一種能力。學校提供的基礎訓練有機會讓無能力者擁有基本的魔法使技能，若像是洪姊那樣苦練，也有可能覺醒能力，雖然強度比不上真正的魔法使，但用以生活還算是綽綽有餘。

由於沒有特定能力，無能力者在社會上的貢獻永遠比不上魔法使、機械使，因此是被歧視的存在。有不少父母因為孩子是無能力者，便狠心將他們丟棄，最後都會被孤兒院收容。

又夏所在的孤兒院，做的就是這樣的事，甚至院長還會主動將孩子帶回來。雖然政府多少有提供補助，但隨著孤兒院的人口越來越多，也就越來越入不敷出。又夏也說不出口要院長不再幫助人，只能默默決定自己回去以後，要去打工補貼家計。

那裡是她的家，無論是這個時空，還是前一個時空，都是。如果可以的話，她想永遠守護孤兒院。所以她絕對不能被機構「徵收」，若像許浩瑜她們一樣失去了自由，即便有更多的補助，也無法彌補身上被下的制約。

若有一天能讓這個社會再也沒有歧視，那她願意付出一切。

陳晞說過要一起改變世界，她還記得一清二楚。那大概也是又夏初次覺得自己可能會喜歡上這個人。

所以她一定得找到陳晞。

然後，一起改變這個世界。

「鉛筆盒？」

「帶了。」

「准考證？」

「嗯……啊，找到了，在鉛筆盒裡面。」

穿著水手服的浩瑜活像個母親，一一叮嚀另個穿著同樣制服的女孩。又夏沒有表現出不耐煩，低下頭乖乖地逐項檢查包包裡的物品。

在又夏身後的，是孤兒院那鏽蝕嚴重的招牌。

大考日期落在漸漸轉熱的月份，浩瑜和又夏身穿的也是夏季制服。

今天就是大考了，決定林又夏能否錄取混校的關鍵日子。她有些緊張，總覺得抓著書包背帶的手都在滲汗。就算是第三次參加這場考試，又夏還是無法像身旁那人一樣泰然自若。

實在是太久遠了，她連一題考題都想不起來。看浩瑜那胸有成竹的模樣，大概不是把考卷記得很清楚，就是早已使用能力看過題目了吧。但好像也不能這麼說，國中時，許浩瑜的成績總是名列前茅，也許真的是那顆腦袋特別靈光。

林又夏不禁想嘆息，她並不覺得自己有比許浩瑜笨，不過事實確實是除了英文以外，沒有一項科目是自己能贏浩瑜的。

話說回來，考試也不是比賽，只要想著把握能取得的分數就好了。路途中，又夏不斷地自我催眠。

「做好心理準備了嗎？」

「考砸了就再來一次囉。」又夏試圖輕快地說道，她身旁的浩瑜意外地沒有露出不耐煩的神情，而是若有所思。

豔陽照射在柏油路上，反射讓她稍稍瞇起眼睛。兩人走在人行道上，一台又一台的懸浮車呼嘯而過，各種不同的車型，又夏分不太清。電線桿上沒有電線，取而代之的是鐵桿頂端的無線接收裝置，變電箱也早就被移除，留下尚未長出雜草的方形空格。

和魔法使街區有所不同，機械使聚集的這一區充斥著高科技產品。又夏跟浩瑜所踩的地磚看似普通，但若持有失能證明，踏上去後人行道便會變成輸送帶，只要微量的魔力就能驅動。

依稀記得上個時空沒有這樣的發明。又夏試圖回憶，也沒有相似的物品出現，這大概就是平行時空吧，明明很相似，卻又有許多不同之處。

習慣了魔法使學校的生活，又夏忽然覺得此處的街道有些陌生，幸好身邊是同樣的人，得以減緩違和感。

大考的考場正巧設在混校，從孤兒院走到那並不遠，大約是二十分鐘的路程。其實可以考慮搭公車，但還得繞到另一條街才有站牌，為了省去麻煩，兩人最終選擇用走的。

雖然有拒絕過，可許浩瑜還是堅持早上要過來。清晨七點，究竟誰會想跨越半個街區？就只有許浩瑜這樣愛操心的人了吧。不過被擔心的感覺並不壞，所以又夏也不打算認真阻止她。

從孤兒院到混校，得經過三個路口。其中一個路口距離兩人還有五十公尺左右，位在交通阻塞的十字中心，因此總是得等上九十秒的紅燈。

而那也是她和陳晞相遇的街口。正想到這，陌生的情緒和前個時空的記憶同時湧進腦海，又夏忽然反應不過來，耳邊響起類似尖銳煞車聲的雜訊，噪音過於高頻，讓她失去了行動和說話的能力。

她就像是靈魂被抽離身體般，在原地動也不動。

「怎麼了？」浩瑜擔心的聲音傳不進又夏耳裡，「林又夏！」

又夏握緊拳頭，擠出力氣，用指節反覆敲打自己的太陽穴。頭很疼，但她找不到解決方法，最後，她發動了能力。藍色光點圍繞在兩人身旁，路過的懸浮車停在原處，不遠處的行人號誌顯示的數字也不再減少。

抓住對方不斷敲打自己的手，浩瑜放大了音量：「喂！別弄得像在修電器一樣啊。」

已經不知道什麼是現實了。

右眼所見的世界和此時不同，下著大雨；而左眼的畫面，則是豔陽高照的夏日，接著，兩者交換，其中還有陌生的畫面不停浮現、消逝，同時又像壞掉的老式電視，有著雪花般的雜訊不斷閃爍，讓又夏的腦袋痛得厲害。

耳邊有很多人在說話，但沒有一個人的嗓音她認得出來，全部混在一起變成了轟隆聲響，又夏甚至無法集中精神思考，將時間暫停是下意識的舉動。

跌倒時會伸出手，是人類的本能，雖然可以降低身體受到的衝擊，相對的，手也會有受傷的風險。而又夏此時的行為大概就像這樣，發動能力已經成為她在遇到危險時會做的第一件事。

就連在她身旁的許浩瑜都感覺到了魔力的暴走，明明身在戶外，卻滿是林又夏的魔力氣味。再放任她繼續下去，事態會越來越糟糕，若被機構設立來偵測陌生魔力的部門發現，那就完蛋了。

浩瑜抬起手，將掌心面對自己，然後覆蓋在雙眼之上，從她身上飄散出的光點和又夏的混在一塊。確認畫面後，她長嘆了口氣，雖然並不想那麼做，但至少知道做了，就不會衍生更嚴重的問題。

她的能力是看見未來，但並不詳盡，只能看到畫面。用一個、一個畫面組起完整的事件，是浩瑜每天在機構做的事，針對高層的計劃進行預測。偶爾畫面也會改變，就像昨天晚上她並沒有看見此時的景象。制約讓浩瑜留下冷汗，她用手背將其抹去。

一定是有什麼事改變了，又或者是等下將會發生的事所導致。

能力更強的「預視」魔法使似乎能看見動態影像，只不過紀錄中並沒有其他和浩瑜同齡的人擁有此一能力，所以她也無從得知更多同伴的資訊。

浩瑜向後退一步，然後用力地打了又夏一巴掌。清脆的「啪」聲迴盪在鴉雀無聲的空氣中，她甚至覺得自己的手也隱隱作痛。

如果又夏剛剛看得見，那肯定會看到浩瑜甚至有助跑的動作。

四周瞬間又變得嘈雜，時間脫離了控制。鳥鳴、懸浮車的低鳴、遠處行人的吵鬧、樹葉沙沙聲全都再次響起。

又夏因為剛剛的那一巴掌而偏著頭，她反應不過來，但本能告訴她危機已經解除。她的額角滲出汗珠，眨眨眼，慢一拍才感覺到臉頰的刺痛。

「居然用打的啊……」她摸摸傷處，「好痛喔。」

「妳怎麼了？」

緩過氣來的又夏甩甩頭，拿出水瓶打開喝了一大口，顯得有些狼狽。

她不知道方才發生什麼事，很顯然，滿臉疑惑的許浩瑜也不知道。太多資訊一瞬間湧入腦海，多半不屬於自己——抑或它們確實曾發生，但她早已忘記。

若陳晞能從「上上個時空」去到「上一個時空」，許浩瑜也能從「上一個時空」來到「這個時空」，那或許代表世界上存在著多得難以勝數的時空。

可能會有上上上個時空，或是上上上上上個時空。而既然發生的事有所不同，代表它們不只平行，還前後錯置。太複雜了，林又夏發現自己的腦袋轉不過來，要她現在跟許浩瑜解釋猜測也不合適，於是決定放棄。

「沒事。」

「白痴才會相信妳沒事吧。」

「當一下白痴啦。」

不想跟她計較的許浩瑜沒有繼續回應，只是上下打量又夏，確認對方沒事後才開口說道：「走吧，我可不想遲到。」

「啊，對耶。」

她們就像方才沒有出現插曲般，繼續朝學校的方向前進。

又夏走在許浩瑜的斜後方，頭還隱隱作痛，得花上一些力氣，才能維持平穩的步伐。

如果沒記錯，那麼在這時候，應該要看得見陳晞了。

她沒敢開口問身旁的魔法使，如果對方使用能力見到的景象並非她心裡所期望，該怎麼辦？要是陳晞根本就不會出現，那自己又為何會在這裡？在方才閃過的畫面當中，有幾個影格是陳晞的臉，大概是因為，現在真的很想見到她吧。

上一個時空遇見的時候，陳晞在想些什麼呢？是不是跟現在的自己一樣不安？不禁覺得有些好笑，在前個時空經歷過那麼多異事，又夏還以為自己早已什麼都不怕了，此時卻因為陳晞會不會出現在路口而感到緊張。

說不定由於剛剛的停頓，陳晞早一步前往學校了，那若沒能碰見，也算正常。

兩人在路口駐足，往陳晞家的方向看去，人行道上空無一人。

又夏抓緊了書包肩帶，「沒來呢。」

「嗯。」

和神情難掩失落的又夏相比，許浩瑜倒是一臉平靜。不過這也是應該的，她肯定早已知道會發生什麼事了吧。關於對方並不能和自己說太多，又夏還是能理解的，雖然心裡總有那麼點不舒服，可若強求，就會顯得幼稚。

即便不像許浩瑜一樣，正在經歷第三次的人生，但至少是第二次了，表現得太像小孩是很丟臉的事。

在上個時空，又夏最後的記憶就在山頂戛然而止。

有什麼也一起丟在上一個時空了嗎？她還不想面對，至少，想等到陳晞陪她一起找。

08

又夏見許浩瑜中午沒來會合，自己也沒和秋天約好，吃不下午餐的她便在校園內隨意繞了一會。與記憶中的學校是同個模樣，她記得自己總是一個人閒晃，直到陳晞闖入她的生活。

她晃著晃著，便到了弓道社的練習場，然而這裡沒有陳晞的身影。這是當然的，又夏安慰著忍不住感到失落的自己，畢竟陳晞尚未入學，也就不可能在弓道社練習。

趴在欄杆上看著空蕩蕩的本座及射位，她回憶起過往。

她就是在這裡問陳晞要不要談一場戀愛的。光是用想的都覺得尷尬，林又夏不禁佩服自己，居然能說出如此不知羞恥的話。但是，若重來一次，她還是會選擇說出口。

並非是想和陳晞交往，而是認為那是當時唯一看起來能救陳晞的選項。

陳晞慌張的神情、欲言又止的嘴唇，她都還記得很清楚。這點也讓又夏覺得可笑，明明學科都忘得差不多了，卻記得這種事，果然人類的記憶力總是會用在一些奇怪的地方。

老朋友？或是其他的定位，好像都不能形容陳晞。

不知道再相遇的時候，陳晞會說些什麼？雖然大概什麼都不會說，畢竟不認識，但是一定還會露出「這人真漂亮啊」的表情吧。在這方面，又夏不僅很了解陳晞，也很了解自己。

「哇，是水手服呢。」被一道清脆的嗓音打斷了思緒，又夏猛地轉過頭。

一名穿著西式制服的女孩雙手背在身後，微笑著看她。

又夏有些慌張，向後退了一步，「不、不好意思！」

「沒關係，這裡也算是公共場域。」女孩擺擺手，「來考試的？」

那套制服是又夏在前個時空也穿過的，屬於混校的制服。女孩的領子上別著紅色的徽章，上頭畫的圖案是一隻舞鞋。

是體育相關的能力嗎？初次見到的圖示，又夏猜不出來。

深棕色的及腰長髮，纖細的身姿以及優美的儀態，無論怎麼看都是一位大小姐，連說話語氣都十分優雅。混校的制服並沒有能夠判斷年級的裝飾，但若此時便已經在校，那麼就是學姊了。意識到這點，讓又夏變得更加拘謹，不自覺挺直了背脊。

「是的，升學考。」

女孩似乎覺得有趣，歪了歪頭，「志願是這裡嗎？」

「是的。」雖然有些疑惑對方怎麼知道，但又夏還是照實回答。

「那就是學妹了呢。」女孩朝又夏伸出手。

看著對方懸在半空的手，總覺得這樣的場景很熟悉。又夏遲疑了一會，但在對方溫暖的眼神中，有著不容拒絕的堅持，於是她最後還是握住了和自己大小相仿的手。

「叫我玲緒就好了，很期待在學校見到妳唷。」

「我是林又夏。」又夏頓了一下，「我也會很期待的。」

似乎是察覺到又夏的不自在，玲緒並沒有刁難她，很快地鬆開了手。

「怎麼會找到這裡呢？」

會這麼問也很正常，建有弓道場的大樓位在校園的最深處，若不是熟悉學校的人，恐怕很難找到。據說過去辦的幾次比賽總是有選手迷路，最後落得棄權的下場。

不擅長說謊的又夏飛快地眨眼，慌張的神情一覽無遺。玲緒似乎不太在意，只是晃晃頭，接著問：「在找人嗎？」

「是啊。」大抵是因為這麼說並沒有錯，又夏回答得很迅速。

和又夏相反，玲緒緩緩眨了眨眼，像是在觀察對方，眼神卻不會令人感到不適。與其說五官生得漂亮，不如說玲緒的舉手投足都太有氣質了，會讓人忽略其他事物。

「跟我一樣呢。」

「欸？」

「我也一直在找人，不過不是在這所學校。」

順著玲緒的眼神，又夏向下望，對方在藍色裙子下露出的腿布滿了傷痕，因為皮膚白皙而更加顯眼。又夏驚覺玲緒有哪裡不對勁，直到確認了魔力的氣味，才完全反應過來。有和自己相似的魔力沾染在眼前的學姊身上，但很陌生，直覺告訴又夏，那股魔力並不屬於這個時空。

是被傷害了嗎？如果是的話，那是被什麼傷害的？身為初次見面的陌生人，不喜歡打探他人隱私的又夏沒有問出口。至少，玲緒此時看起來並沒有生命危險。

真是不稱職的魔法使，居然連如此顯而易見的事都沒察覺，被當作無能力者歧視也只是剛好而已。又夏在心裡責備自己的後知後覺。她順便默默地探測了一下對方的魔力量，結果驚人的微弱。

據說擁有特殊技藝，譬如精湛的陶藝等，也能被認定為魔法使，不過那必須經過重重關卡，或出生自代代從事那項技藝的古老家族。若玲緒不具備應有的魔力，卻又別著畫有圖案的魔法使徽章，那代表她一定身懷特殊才能。

畢竟是實用為主的社會，只要能貢獻一技之長，便能占有一席之地，又夏不覺得奇怪。但是在幾乎沒有魔力的魔法使身上感受到「時間」，是很奇異的事情，又夏的腦袋快速地運轉，嘗試做出幾個推論。

「學姊，妳相信有平行時空嗎？」稍微斟酌了一下用詞，但她最後還是沒找到不像神棍的說法。

在前一個時空，陳晞解說一切的時候，應該也會懊惱「自己到底在說些什麼」吧？

對方就算露出厭惡的眼神，又夏也不會太意外。

「……什麼？」

玲緒的眼神閃爍，並非是覺得又夏在胡說八道，反倒像是被說中了，方才平靜的表情此時有了波瀾。觀察到這項改變，又夏更相信自己的推論沒有錯。

「我相信喔，平行時空什麼的。」又夏握緊拳頭，低下頭說道：「就算在這裡找不到妳想見的人，在別的平行時空，妳們也會相遇的。」

又夏不禁覺得這話還真不曉得是在說給誰聽。若真如陳晞所說，某個時空的「林又夏」曾為了見她而跨越多個時空，那自己大概真是這麼相信的吧。說實話，依照對自身的了解，又夏並不認為她真能做出那種不計一切代價的事。

除非真的很喜歡陳晞。想到這句話，又夏有些窒息。

說完許久，玲緒都沒回應。又夏心想搞砸了，抬起眼偷瞄，卻赫然發現對方滿臉淚水。

「欸、欸？」她慌張地在書包裡翻找衛生紙，卻被玲緒制止了，只能在原地不知所措，「我說錯了什麼嗎？對不起，我明明什麼都不懂——」

用高級手絹將眼角的淚滴擦去，玲緒笑著搖搖頭，「沒事的。」

面對哭得梨花帶雨的學姊，又夏的嘴張開了又閉上，最後只說得出：「對不起。」

推論大概是錯了吧。從反應來看，玲緒什麼都不知道，再進一步去感知她的魔力，便能確定她是屬於這個時空的人，只不過，似乎是被某種東西纏上了。會是怎麼樣的「東西」，擁有跟自己相似的魔力？又夏非常好奇，可若是問玲緒，應該只會獲得一臉茫然。

等玲緒冷靜下來，確認離考試開始還有不少時間，兩人在一旁的長椅坐了下來。又夏總覺得有些奇妙，明明才剛認識，卻有種她們是老友的錯覺。而能讓平時不愛跟陌生人互動的又夏如此放鬆，得要歸功於玲緒的和藹可親。

「妳在找什麼樣的人呢？」即便充滿鼻音，玲緒說起話來仍然十分優雅。

「嗯……」若說是戀人，並不正確，但要稱為朋友，又夏感到一絲抗拒，「一個重要的人。」一個不希望她死掉的人，算是重要吧。

「我也是。」

「妳不知道她在哪裡嗎？」

「妳呢？」玲緒沒有正面回答，但又夏覺得答案大概是肯定的，腿上的傷痕說不定也是在找人的路上不慎弄傷。

「應該是在這個時空的某個地方吧。」

講到一半，她才驚覺從頭到尾都說得很不確定，即便如此還能把話好好說完，林又夏也是服了自己。

不合理與合理之間只有一線之隔，說不定這個世界本就沒有合乎常理的事物。會飛的魔法使、不需要輪子的汽車、沒有電線的路燈，是人類讓這一切變得弔詭，就連現在並肩坐著的兩人，怎麼看都很詭異。

能接受種種不合理，甚至生活在其中，就是這世界的人類所展現出來的樣貌。但是眼前所見即是真實嗎？也許現在說著話的人根本不存在也不一定。

「妳喜歡她嗎？」

又夏僵了一下，看向玲緒，而對方回望的眼神很平靜。最後，她的唇間迸出一句：

「『喜歡』是什麼呢？」

「應該是，」玲緒思考著，「就算得到另一個平行時空，也還是想見她吧。」

和玲緒的相遇如同做夢一般，離開社團大樓前往考場的路上，又夏都還覺得有些恍惚。玲緒是真實的人類，經過穿堂時，她在公布欄上的校排名列表瞄見了那看來十分典雅的姓名——花村玲緒。

是很少見的姓氏呢，又夏心想。至少並不是碰見了什麼地縛靈，她打從心底鬆了口氣。

玲緒說起話來很成熟，總讓人覺得她心如止水，像是經歷過許多大風大浪。這方面和許浩瑜有那麼點相似。

不過浩瑜是真的碰過不少大事，而普通的高一生會有什麼驚人的過往？要是再好奇下去就是探人隱私了，又夏並不喜歡這樣。但是她猜想，大概和腿上的傷痕有很大的關聯吧。

早上的考試是術科，由於項目不同，魔法使和機械使分開考試，但內容大抵相去不遠，都是基礎測驗，對實際上不是無能力者的又夏而言，並不難。

讓她擔心的，是待會的學科考試。如果考砸了，就得重來一次了。如果真的回溯時間，那麼還會遇到玲緒嗎？若依照經驗來看，答案是肯定的，不過又夏並沒有信心能再和對方成為朋友。

為了入學後還能替玲緒做些什麼，又夏打算努力一下試試。畢竟，玲緒看起來真的需要幫忙，而能夠幫上她的，應該也剩下擁有「時間」能力的自己了吧，而且，那股陌生魔力，若是一般人絕對無法辨認。

「朋友。」又夏用氣音吐出了兩個字。

說到底，她和玲緒成為朋友了嗎？無論是前個時空還是此時，能稱為朋友的人，似乎就只有秋天、浩瑜了。不，應該還有陳晞才對。洪姊是像家人般的存在，孤兒院的其他妹妹們也是。

朋友是那麼容易就能當上的嗎？又夏回想起陳晞拿給她的那張「朋友契約」，上頭還有許多約定尚未完成。如果可以的話，希望有機會達成就好了——但或許自己更想要的，是即便沒有契約，也能跟陳晞好好當朋友吧。

有腳步聲緩緩地靠近又夏，然而她只覺得是其他路過的考生，繼續看著榜單，一點也不在意。

最後腳步聲在她身旁停下。

「在找人嗎？」

「欸？」

「呃，對不起。」來者的神情慌張，「嚇到妳了嗎？不好意思，突然跟妳搭話。」

「沒事。」

「真是抱歉，我還以為妳需要幫忙。」對方撓了撓頭，尷尬地撇開眼神。

深藍色西裝外套，白色襯衫、藍色領結，領子上別有銀色的徽章，高挑的身材，有些嬰兒肥的臉頰，左眼下方的淚痣，遠看呈現藍色光澤的及肩長髮。

這是吃下世界樹的果實以後，再怎麼樣都忘不了的樣貌。

又夏搖了搖頭，她轉過身面對那個人，「不如說，我正在找妳。」對上視線的時候，她總覺得聽見齒輪轉動的聲響。

或許這就是命運吧。

夏日計劃

頂樓只有兩個人，浩瑜靠著圍牆，躲在陰影裡翻閱手上的書，秋天則是拿著飯糰吃得津津有味。

蟬鳴戛然而止，微風也不再吹拂。浩瑜連頭都沒抬，「時間暫停了呢。」她的語氣沒有起伏，彷彿早就知道這件事會發生。

「欸？」秋天環顧四周，直到看見停滯在半空中的鳥，「真的耶。」因為嘴裡塞著飯糰，她說起話來口齒不清。

和林又夏的魔力量有著明顯差距的魔法使為何能夠脫離時間控制，許浩瑜稍微做過研究，但仍舊無法確定答案。畢竟握有「時間」能力的人，她就只見過林又夏一個，沒有其他數據可供參考，這是最令人頭痛的問題。

雖然並無帶來不便，時間暫停對浩瑜和秋天的影響少之又少，可要是林又夏某天忽然想回到十年之前，她們也只能奉陪。目前最長的紀錄是一週，雖然不知道真實原因，但大概是因為又夏段考考砸了。

重複的課程、校長那一字不差的演講內容，還有絕對會在某個時間下的雨。林又夏是怎麼長大的，浩瑜終於在這一次的人生中體會。感覺不差，只是有點無聊，老早就知道會發生什麼事，和自己因預知能力而有的經歷沒什麼不一樣。

只不過，自然景觀以外的事物偶爾會改變，譬如林又夏的考試成績。

「又夏遇到什麼事了嗎？」秋天將飯糰的外包裝折成小一點的三角形，「要不要去看看？」

「去的話就太不識趣囉。」

使用能力、事先說出預視內容是會被懲罰的，而烙印在身上的制約若發動，將帶來巨大的痛苦，並同時蠶食魔力，這是機構噁心的地方之一。浩瑜的制約印記在背上，秋天的則是在後頸，每當制約發動，印記就會發光。

秋天曾被又夏目睹過幾次，擅長忍痛的她並沒有表現出異常，只是不斷地冒冷汗。而許浩瑜不喜歡疼痛，所以非必要會盡量避免觸犯規定。能力特殊的她要是不慎出錯，除了普通制約的懲罰外，還得接受一對一的輔導。

許浩瑜把一切當作天罰，遭遇到的不平等，都是她擁有「預視」的原罪。還記得在這個時空初次和秋天見面，是後者尚未進入機構的時候。當時，秋天緊握她的手，說著：「我們逃跑吧。」

說實話，浩瑜還真猶豫了幾秒。那雙閃著深紅色光澤的眼睛，誠懇得讓浩瑜差點就答應了。不過，若真的逃跑的話，便會完全失去跨越時空的意義。

為了讓陳晞能和林又夏再次相遇——這個理由光是想想都覺得荒謬，放棄一切，不是為了自己，而是為了別人。反正無論到哪個時空，都沒有任何人事物比陳晞還更讓她眷戀了。

秋天學著浩瑜，將背靠上圍牆，「是說，陳晞不是忘了所有事情嗎？」

「嗯。」

前一個時空，她們是帶著記憶相會的。陳晞當時說的第一句話，用了成熟的語氣配上稚氣的聲音，很是違和。可這次不一樣，在幼兒園見到的陳晞，真的就只是個五歲孩童。

午休時睡不著，會傻傻地睜開眼睛然後被老師罵，要說調皮也不太準確，無論再怎麼看都是相當普通的孩子。浩瑜可以斷定對方什麼都忘了，因為那雙看向自己的眼睛是多麼地清澈，一點都不像是失去兩次重要之人該有的。

陳晞曾提過林又夏所留的筆記中寫著和「記憶碎片」相關的資訊，若在來到這個時空的時候，並未成功挾帶舊有的記憶碎片，或許就會造成此時的狀況。要是能讓她和林又夏一樣吃下世界樹的果實，說不定就能恢復記憶。

但是世界樹枯萎了。想到這，許浩瑜不禁嘆口氣。還得再找新的辦法，讓她頭很疼。

「那就算讓她跟又夏見面，也沒什麼意義吧？」

她撇過頭，和秋天對上視線。「如果妳失去記憶，還會喜歡上我嗎？」

「會。」秋天回答得很迅速，堅定的雙眼就像是在說「不許質疑我！」那般。

「所以啊，」不自覺揚起唇角的浩瑜闔上書本，「妳又為什麼會懷疑陳晞呢？」

「我沒在懷疑她，只是——」

「我第一次認識林又夏的時候，她帶著記憶去找陳晞，而我們認識的時空，陳晞也帶著記憶去找她。」

「嗯……」

「妳也說過，接下來，就是她們兩個的事了。」

她們的任務，在林又夏找回記憶的瞬間，就已經結束了。

唯一值得驕傲的，大概就是陳晞總是先認識自己，才遇見林又夏吧。居然會因為一點小事就如此滿足，連許浩瑜本人都有些不習慣。

秋天的疑慮，她百分之百能夠理解。說到底，秋天和陳晞認識的時間並不長，後期甚至幾乎沒有對話，她對於陳晞這人會產生懷疑，情有可原。明明是相對陌生的存在，卻是心儀之人和好友同時喜歡的對象，秋天的反應略顯尖銳，浩瑜並不意外，也完全能夠感同身受。

想著想著，總覺得有些自戀了。每當直面秋天的情感，浩瑜都有這種感覺。如果秋天再繼續把「喜歡」掛在嘴邊，自己一定會不知不覺變得更加膨脹。不過，若能一直待在陳晞身旁，或許就不會那樣吧，因為浩瑜很清楚——

無論重生幾次，陳晞都會喜歡上林又夏。

這是無法改變，浩瑜也不曾想改變的命運。

「我不想看又夏受傷。」

「我知道，」浩瑜抬起手，揉了揉對方有些毛躁的頭頂，「但是不會的，妳儘管相信我吧。」就像妳願意跟我一起拋棄一切那樣。

將書本放進擱在一旁的書包，浩瑜撐著膝蓋站起身。四周依然很寧靜，只有衣物摩擦的窸窣響聲，看來時間的控制權還掌握在那個人手裡。因為龐大的魔力量，許浩瑜並不擔心林又夏的身體狀況，只是忍不住好奇對方這麼做的理由。

魔法使的情緒管理在學校裡是一門獨立的必修課程，為的就是防範因為情緒波動所造成的失控，雖然像浩瑜那種普通程度的魔法使，即便失控也不會造成太嚴重的災害，但總是必須防範於未然。

而林又夏如果失控的話，後果可能不堪設想。時間扭曲、時序混亂，光是想像，浩瑜都覺得可怕。前一個時空她們安全地度過了諸神黃昏，可那是用林又夏的生命換來的，她並不想再經歷相似規模的災難。

毀滅是尚未發生的必然，而她總是在恐懼著遙遠的未來。只要找到陳晞，一切就會沒問題的。一直都如此相信的許浩瑜，從未想過要放棄陳晞。

如果自己辦不到，林又夏一定能做到。作為朋友，她也深信著這點。

所以，請把陳晞帶回我們身邊吧。浩瑜閉上雙眼祈禱著。

「浩瑜。」

「嗯？」她回應時仍閉著眼睛，「別跟我說妳想去找她喔。」

不能直接說出預視的內容，她總是會退而求其次，用拐彎抹角的方式暗示。林又夏大部分時間都聽得懂，而秋天則是偶爾會慢一拍才完全理解意思。大概是因為直腸子的性格吧，秋天本人說話也老是過於直接。

所以跟秋天說話時不太需要思考，浩瑜還挺喜歡的。

「不是。」

不知道為什麼，覺得秋天的聲音聽起來很近。浩瑜疑惑地睜開雙眼，驚覺對方的臉僅距離自己大約十五公分左右。她遲了一些才發覺魔力氣味撲鼻而來，而這是每當秋天情緒波動時會發生的狀況。

「喂！」她嘗試向後退，但被圍牆阻擋了去路。

雖然知道對方不會傷害自己，可體格上的差異還是讓浩瑜有些慌張，何況她並不擁有任何能防身的技能，基礎的魔法攻擊對秋天而言，只是像蚊子叮那般，無法造成任何傷害。

有點類似於在路上看見溫馴的黃金獵犬或拉布拉多，還是會忍不住想繞路走。不過看見博美、吉娃娃時，浩瑜也不想接近就是了。

如果是平常的秋天，大概會因為浩瑜急著躲開而露出受傷的表情吧，可此時的她一臉嚴肅。總覺得來到這個時空後，越來越常看見沒有笑容的秋天。前陣子都把注意力放在林又夏身上了，浩瑜清楚自己有所缺失，青春期的女孩子，都是需要人關注的。

就算已經是第二次的人生，但畢竟也不曾活過更長的歲數，要說心智年齡，肯定沒有想像中那麼成熟。浩瑜記得初次見到的林又夏也是，明明跨過無數個時空，卻還是很孩子氣。

「那妳相信我嗎？」秋天低聲說著。

「這不是當然的事嗎？」

並非說謊，而是肺腑之言。從察覺到陳晞沒有帶著記憶過來後，浩瑜的夥伴就只剩下也保有前個時空記憶的秋天。雖然很狡猾，不過，要是連能為了林又夏抵抗組織的秋天也不能信任，那到底還能相信誰呢？

秋天就像是浮木。思緒清晰的浩瑜不需要人提醒，她也知道這樣形容秋天可以稱得上是難聽的說法，但那是不爭的事實。

如果是陳晞的話，會怎麼做呢？應該會做出相去不遠的選擇吧。畢竟，自己對她也曾是像秋天這樣的角色。浩瑜不禁感到荒唐，怎麼也沒想過哪天自己所處的位置會與陳晞如此相像。

然而她無法放棄陳晞。

浩瑜抬起頭，和秋天四目相對。

嘗試從對方的眼睛裡讀取資訊，無奈同是機構出身，連防禦魔法都師出同門，最終一無所獲。

「妳說，剩下的就是她們的事了，對吧？」

「是啊。」

「那麼，請妳多看看我吧。」

魔力的波動在秋天說話時逐漸平息下來，如哀求般的語氣，是過往浩瑜不曾聽過的。

而且，這並不是她期望見到的秋天。

那是多久以前的事了呢？若用實際度過的時間來看，或許是十五年吧。一起參加祭典，發覺秋天是處刑人後，許浩瑜曾想像過她未來會成為什麼樣的人。雖然印象已經模糊了，但浩瑜清楚自己絕對不希望秋天成為曾經的陳晞，那失去所有希望的模樣，光是用看的就讓人感到痛苦。

逃跑的方式有很多種，不過，浩瑜一個都沒選擇。她靜靜地閉上雙眼，迎接三次人生中，初次的親吻。

10

命運開始轉動的時候，沒有任何人能察覺，悄無聲息，然後在某一瞬間，等到有所意識時，世界早已經順著流向而去了。

「找我？」陳晞疑惑地眨著眼睛。

對於時間的停滯，她沒有任何反應，或是該說，根本就沒注意到校園自嘈雜變得靜謐。眼前穿著國中制服的陳晞，連能力也僅有國中生程度而已，甚至可能根本沒有任何魔法使的技能。

雖然有簡易的驗證方法，但又夏此時並沒有餘裕試探對方，光是保持冷靜，就用掉她大半力氣。

「嗯。」她僵硬地撇開視線，深怕自己會因為看著對方的臉而鼻酸。

「我們，」一臉茫然的陳晞說起話來很是猶豫，「之前沒有見過吧？」似乎擔心有所冒犯，聽得出來她盡量選擇了禮貌的說法。

「嗯，那也沒關係。」垂下眼簾的又夏輕聲地說著，「現在見過了。」

對方閃爍的眼神暴露了心情，可即使會被覺得是怪人，又夏也不打算結束對話，彷彿為談話作結的那刻，一切就結束了。畢竟陳晞的性格她再了解不過，會來找自己說話，只是因為有個女孩子一副無助的模樣。

雖然又夏並不覺得自己需要幫助，但若是調換角色，她說不定也會上前搭話。

「妳也是來考試的嗎？」興許是感到尷尬，陳晞開了個新話題，「那是魔法使學校的制服吧？」

這是好事，看來陳晞並不是對自己完全沒興趣。又夏鬆了口氣，即使陳晞比過去更加外向，那不敢直視自己的眼神仍和以前如出一轍。感受到這一點，又夏放鬆許多，方才出汗的拳頭也不再緊握。

「是啊。」

「那我們同年呢。」

陳晞恍然大悟的表情和語氣讓她不禁笑出聲，「看起來不像嗎？」

「嗯，因為妳看起來很成熟。」沒有被又夏影響，陳晞說得很認真，雖然說話時並沒有看著對方的臉。無法直視又得顧慮禮貌，她只好將視線固定在又夏的脖子以下，而當事人幾乎瞬間就注意到這回事。

怎麼感覺有點怪。不過幸好陳晞是女孩子，又夏沒有因此感到不舒服。而且如果換作是自己，大概會利用女孩子的特權，大看特看吧。都是女生，所以沒問題的。雖然這麼想著，但她心底還是忍不住覺得這種想法有點糟糕。

「這是在說我看起來很老嗎？」又夏笑著說道。和陳晞相處時，總會不自覺地變得自在。

剛才還激動的心情，此時平靜下來，才發覺鼻間能嗅到來自對方的魔力氣味。有多久了呢？找回記憶差不多半年，可她卻覺得好久沒見到陳晞了。事實也是如此，這樣算起來，應該有十五年了。

夏日計劃

若和許浩瑜說的一樣，她們在「諸神黃昏」發生以後，還花上一些時間製造時光機器，那麼，陳晞會不會也曾想念過自己？即便現在問她，也只會換來茫然的表情吧。

「欸，陳晞。」

陳晞慌張地擺手，同時後退了半步，「怎、怎麼可能？」

「嗯？」

「妳也要考這所學校嗎？」

「對。欸，不對，妳怎麼知道——」她話還沒說完，就被又夏的動作硬生生打斷。

前進了兩步的又夏緩緩地眨眨眼，她在距離陳晞半公尺之處停下。因為比較矮的關係，又夏挺直背脊，試圖讓自己能平視對方，接著她和陳晞的視線進行了一場追逐戰。

「我是林又夏。」她盯著陳晞的雙眼，一個字、一個字地說，咬字清晰。

微風吹動了又夏棕色的瀏海，她看著陳晞的表情從慌張變得驚訝，然後再轉為疑惑。無論哪種，都不是記得她是誰，而會露出的神情。

不過，好像不那麼重要了。如果陳晞失去所有記憶，而且找不回來，那也無妨。因為林又夏有自信，能讓自己成為陳晞再也無法忘記的名字。

她捏住藍色領結的一端，接著朝自己的方向拉，領結成了一條普通的緞帶，落到她手裡。而領結的主人愣愣地看著全程的動作，什麼話也說不出口，任由衣領失去束縛。

又夏抬起手，在空中晃了晃，緞帶隨著她的動作在半空中飄動，很是優雅。

「下次見，陳晞。」

11

「時間到，收考卷。」監考老師抬起手，一陣紅光閃過，在場考生桌上的試卷便被全數收齊到他面前。

陳晞在最後一刻，才驚覺她在考卷上寫的姓名並不屬於自己。幸好在機械使中，她使用魔法的速度還算快，被收走考卷的前一刻，成功改回正確的文字，否則林又夏就會擁有多出來的成績了。不過學號是正確的，那結局大概只會是自己被評為零分吧。

在考場的其他同學一個個離開教室後，陳晞也撐著課桌站起身。此時已經接近夏天，天氣很暖和，室內都開著空調，她直起身子的瞬間，覺得有一絲涼意從領口竄進衣服裡面，害她忍不住打了個哆嗦。

她用手捏住即便扣著第一顆鈕扣，還是顯得有些鬆垮的領子。

下次見？下次，是什麼時候？

陳晞嘆了口氣，揹起書包。

對她而言學科測驗再簡單不過，不至於因為一個陌生人就搞砸考試，但她必須承認，自己有大半的時間都在恍神，直到監考老師提醒還有三十分鐘，才急急忙忙完成所有填答。

平時陳晞並不會主動向陌生人搭話，不如說，能別和人扯上關係是最好的。但剛才她就是忍不住。走上通往穿堂的樓梯時，她就覺得心情有些奇怪，由於太過突然，所以沒當一回事，直到身穿水手服的女孩映入眼簾。

因為試場分配規定，會來這間學校參加大考的，不只有原就讀於附近國中的機械使，也會有自幼去外地求學的魔法使。雖然早就知道這點，早上前往試場途中也見過幾個穿著水手服的女生，但她在看見女孩身上的水手服時，還是有些驚訝。

水手服並不是常見的制服類型，像陳晞穿的就是普通的西式制服，領結、襯衫的平凡搭配，若成功錄取混校，也將是差不多的款式，只是領結會更換為領帶。

很大驚小怪嗎？陳晞反省自身。可是，那個女孩穿起魔法使學校的制服，真的很好看。不，或許是因為長得很好看的關係才會如此。好看的人，穿什麼都好看。

腦袋似乎只剩「好看」兩個字。驚覺到這點的陳晞用力甩了甩頭，取代水手服浮現在她腦海的，是林又夏的臉。

大概是她此生見過最漂亮的人。身為國家研究員，陳晞的父母出席過不少宴會，也帶著她見過幾次世面，宴會中不乏千金大小姐，偶爾也會有身價上億的演員，但那些精緻的臉龐，她半張都記不得。在十五年的人生裡，就屬林又夏讓她印象最深刻。

來到下一個考場，已經有幾名考生找到自己的座位了，陳晞在確認過標示後，也拉開椅子坐下。她有些脫力地靠上椅背，接下來要應試的項目是英文，是她最不拿手的一項，要是無法集中精神，肯定會考砸的。

好不容易才撐到最後一科，陳晞不想在這裡敗下陣來。無論如何，她都必須錄取父母的母校，這是她一直以來努力的目標。只要成功進入混校，總有一天，就能成為像父母那樣被國家器重的研究員吧。

黑板前懸浮的白色文字清楚寫著考試開始及結束的時間，考場內放眼望去都是翻看單字書的考生。現在多看只會多錯而已，陳晞決定不拿出她那畫滿記號的筆記本。

機械使的基礎魔法之一，就是不需要使用「筆」也能留下字跡，所以此時教室裡面拿著筆的都是魔法使，雖然為了以防萬一，陳晞還是有準備鉛筆盒就是。她環顧四周，考生已經快要到齊，魔法使和機械使大約各占一半。

仔細看的話，能發現每個人的衣領上都別著菱形徽章。機械使的是銀色，魔法使則是紅色，徽章上頭繪有「特長」的符號。陳晞的圖示是扳手，而她隔壁那個男生的是齒輪，每種圖案都代表一項特長。

這麼想來，她並沒看到林又夏的圖案是什麼。不對，有圖案嗎？陳晞想答案想了一個小時。整場英文考試，她都在想。

走出考場時，她就像做了三天三夜的實驗，方才明明還沒有的黑眼圈此時占了臉頰大半。幸好應該還不算太糟，印象中還是有不少確信能答對的題目，作為最弱項的科目，陳晞覺得自己已經夠努力了，接下來，就開始求神拜佛吧。

難不成，是無能力者？

踏上下樓的第一階，陳晞突然停下來，害得後方的學生忍不住怒罵出聲。

「喂，別無緣無故停下來啊。」

罵她的女孩綁著馬尾，和林又夏一樣身穿水手服，雖然身高並不比陳晞高，但氣勢凌人。自知理虧的陳晞急忙道歉，不曉得說了幾次不好意思，對方並沒有多做回應，只是皺著眉從左側越過陳晞，先一步下樓。

在擦身而過的同時，她注意到這名魔法使的徽章上畫有狗腳印，陳晞試圖回憶了一下，並沒有看過如此可愛的圖示。在記憶中，幼稚園時也有見過特殊的符號，她還有印象，那是一隻眼睛，徽章的主人在小小年紀就經常接受特殊課程。

特殊能力者，陳晞自幼也只認識那麼一位。不過時間久遠，長相在腦海裡有些模糊了，不曉得她過得怎麼樣，要是也能在混校遇見她就好，陳晞真心如此希望。

雖然徽章的原意是讓大人能夠一眼辨識，但後來逐漸演變成學生們在初次見面時的武力展示。畢竟，社會氛圍便是如此，天生擁有的能力，決定了一生的道路。在此之下，還有魔力量的差異，階級如此明確的世界，讓陳晞有點害怕。

但她知道自己是幸運的。出身自機械使家庭、家境優渥，父母都是優秀的機械使，而她更是遺傳到了「發明」這項人人稱羨的特長。雖然尚未能有實績，但陳晞自幼就備受關注，也享受不少師長的關愛。

可是這很畸形，不是嗎？明明優秀的人那麼多，為什麼能獲得關注的人是自己呢？然而她問不出口。能不付出努力便住在一間四層樓的別墅，還能隨時在院子裡開烤肉派對的人，並沒有資格提問。

所以她必須跟父母一樣優秀，才有資格擁有這樣的生活。否則，真正的自己是不配存活於這個殘酷社會的。

林又夏，大概是無能力者吧，陳晞心想。

就算長得再怎麼漂亮，在習慣確認對方能力的環境下長大的陳晞，也不覺得自己會忽視徽章。何況，徽章就在臉附近啊。機械使學校內沒有無能力者，陳晞一時間沒有反應過來，而她也對又夏的魔力氣味沒有印象，明明曾距離那麼近。

一點也不符合常理。

完全不具有魔力，無法使用魔法；擁有少量魔力，但不具特長；有特長，魔力量低落。陳晞判斷不出來林又夏是哪一種無能力者，因為據她所知，也有人擅長隱藏魔力，而且不知怎麼地，她總覺得對方會這麼做。

可是為什麼呢？

她想起林又夏那雙清澈的棕色眼睛。在看向自己的時候，似乎染上了一層悲傷。

身為機械使，陳晞對新事物總是抱有好奇，也想理解這世界的運作方式。前幾天她才剛拆解一台父親做的吹風機，雖然組裝回去花上了一番力氣，但依然樂在其中。

她想了解。了解那雙眼睛，了解明明只說了幾句話，卻讓自己怎麼也無法忘記名字的人。

陳晞忽然驚覺這回事。

本想立刻啟程返家，然而陳晞接到因身在國外無法陪考的父母來電，應付擔心的母親讓她花上不少時間，甚至在陌生的校園中找了個角落坐下，只為好好講電話。雖然覺得母親嘮叨，但一想到她用盡力氣抵抗時差，關心才剛結束考試的自己，陳晞就無法主動結束對話。

步出校門時，已是日落時分，學校早就剩沒幾個學生。陳晞在門口的人行道駐足，接著回頭看向刻有校訓的建築物。

她莫名感到興奮，不是因為未來的課程，而是若林又夏也成功錄取，她們就能成為同學了。連自己都察覺到這個念頭有多荒謬，陳晞甩了甩頭，試圖讓腦袋清醒一點。

要是她們兩個之中有一個人落榜，那就完蛋了。想到這裡，陳晞冷靜許多，畢竟自己下午的考試考砸了一半。即使應該不至於會到摸不著錄取門檻的地步，可還是有些緊張。當然這些憂慮，她半句也沒和母親提起，煩惱的人只要有自己一個就夠了。

她家離混校不遠，步行大約二十分鐘至半小時即可抵達，要是不小心睡過頭，也能在朝會開始前趕到，除了想成為家人的後輩以外，距離是她選校的一大誘因。另外，混校還設有必須另外申請的「特殊課程」，若有機會的話，陳晞很樂意嘗試。

陳晞從背包裡摸出耳機，捏著３．５ｍｍ的接頭，插進外觀老舊的手機。雖然現在已經很少人使用，但她還是習慣有線耳機，最新發行的裝置她反倒不喜歡。只要收納好，便不會有打結的問題，何況要是真打結了，作為機械使也能用基礎魔法將其瞬間解開。

樂曲流入耳裡，阻絕懸浮汽車的低頻噪音，陳晞的腳步隨之變得輕快。大考已經結束了，度過下週的畢業典禮後，便能迎接長達一百零八天的暑假，光想到這點，她就不禁感到愉悅，彷彿方才還在哀怨考試沒能發揮全力的自己不存在。

要去打工嗎？陳晞想著，好不容易放暑假了，可以盡情做自己有興趣的發明。雖然是機械使，但還是得購入零件，畢竟「製造」並不屬於她的特長。那樣的話，就得花錢了。她生活無虞，父母一點都不吝嗇，餐費很充足，因為不喜歡出去玩，所以沒有多餘的開支。

夏日計劃

為了買零件而省下餐費，並不在選項裡。說實話，只要向母親開口，就立刻會有錢進帳，但陳晞不想那樣。不用上學的暑假，自己一整天除了讀書和發明，大概什麼也不會做，無論怎麼想，都太沒有建設性，而且那樣的生活，國小升國中時就體驗過了。

回到家需要經過三個紅綠燈，是適中的數量，而且她不急，說實話再多幾個也不介意，但是開著懸浮車的人們一定會希望紅燈越少越好吧。有時候越趕時間，紅燈就來得越頻繁，雖然大概是心理作用，但一定也有運氣的成分。

如果因為紅燈而遲到了，那也算是命運的一環。陳晞想了一下，自己似乎沒有因此晚到校過，但她曾耳聞父親某次早餐吃得太慢，又遇到塞車，被長官訓了一頓。

就算擁有再怎樣便利的高科技，交通阻塞似乎都是無解的問題。那些能在空中飛的魔法使，仍會遇上交通壅塞的問題，沒有因為能力獲得改善，而且考照還十分困難。

但這些跟還是學生的陳晞沒什麼關聯，步行上學的她，除非是自己睡過頭，否則不應該遲到。不過，再過幾年，看似無關的問題就也會落到自己身上了，若在出社會之前，有哪位厲害的機械使設計出隨時都能暢通的道路規則，該有多好。

一個人走路的時候，就是會想些無關緊要的問題。夜暮低垂，陳晞獨自走在返家的路上，人行道微微亮著紅光，那是最近才鋪設的，能幫助失能者的設施。據說是由她父母的同事所設計，無論是誰，肯定都是很有理想的人吧。

魔法使與自然相關，而機械使則是傾向人類，無論哪一邊，都是社會上不可或缺的存在——然而正是因為這種想法，「無能力者」的處境才顯得嚴峻。陳晞無法想像沒有能力的自己，但她並不覺得他們應該要受到歧視。

就像為了失能者的用路權，機械使願意設計全新的設備，那為什麼無能力者不能獲得幫助呢？有魔法使學校、機械使學校，卻沒有提供給無能力者的學校。無能力者必須被編入魔法使的班級，在夾縫中生存，不需要特別想像，就能知道霸凌事件肯定層出不窮。

越是深入思考，陳晞就越感噁心。

「好想改變這世界啊……」她嘟囔著，在第二個紅燈停下。

行人號誌上顯示的數字是九十，大概是最長的紅燈了。眼前呼嘯過數輛懸浮汽車，和陳晞面向同個方位的馬路上也停著幾台，他們肯定因為得等上許久而感到煩躁吧。

沿著音源線傳進耳裡的男聲正在熱唱英文歌曲，和她此時因為腦袋的想法而變得陰鬱的心情，呈現對比。

「那麼就一起改變吧。」一個輕快的嗓音在她身後響起。

即便耳機裡播著搖滾樂曲，也沒能阻擋女孩的聲音。陳晞驚訝地轉過頭，和棕色的瞳孔對上視線。

「現在就是『下次』了呢。」林又夏看著陳晞的雙眼說道，「沒想到會這麼快。」

巧合……嗎？陳晞不那麼覺得，但對方眼神中閃著的並不是狡黠的光，她甚至覺得林又夏的眼眶染上了點紅，像是快哭了，抓著書包背帶的指節泛白，整個人只有語氣聽起來平靜。

即便露出這樣的表情，還是讓人覺得她很漂亮。陳晞摘下耳機，將身子面向林又夏，逆著光，稍微有點刺眼，但她不想移開視線。

「哈囉。」自己或許也跟對方表現得一樣慌張。

可是為什麼呢？為什麼林又夏會如此？自己又為什麼會和她一樣？陳晞摸不著頭緒。她的腦袋嗡嗡地運轉，連對方朝她伸出手，都慢了一拍才發覺。

「那個——」

「我叫作陳晞，」她搶在林又夏之前開口，「從今天開始，我們就是朋友了，對吧？」

那雙好看的眼睛稍微睜大了些。

雖然想要講得很帥氣，卻在語尾弱了氣。脫口而出的自我介紹，似乎是林又夏早已清楚的資訊，自己說的完全是廢話。再怎麼丟臉，大概也就這樣吧。陳晞用力地吸了一口氣，握住對方懸在半空許久的手。

小小的，皮膚很光滑。在碰觸的那一刻，腦袋飄過沒有用的感想。

林又夏愣了一會才反應過來，低頭看向兩人交握的手，再抬頭看向陳晞，最後不禁笑出來。

她笑得燦爛，瀏海隨著身體晃動，輕輕的笑聲拍打著陳晞的耳膜，然後傳進心底。

「我們，是朋友了呢。」林又夏邊笑邊說，「真是太好了。」

交換聯絡方式後，林又夏便說得先走一步。雖然覺得可惜，但陳晞也不覺得她們在今天還能有更多交流。至少，確保自己未來有很多機會能夠了解林又夏了。

對於林又夏的所有事情，想知道，想了解，感到好奇。

這似乎有些反常，回到家癱倒在沙發上，冷靜下來的陳晞才察覺自己的不對勁。

她過去不曾對人際關係感興趣，想和自己當朋友的同學，多半都是聽了父母的話以後，想著能獲得更多教學資源，才會主動來搭話。

人心太簡單了，但也足夠複雜，讓她一點也不想碰。相對的，機械就易懂許多。原理總能用正常邏輯推論，就算不懂，只要去學便可以理解。比起跟同學出去玩，她更愛在家和零件打交道，幼時和青梅竹馬一起參加的幾次夏日祭典，是被父母逼著才不得不去。

這是陳晞第一次對機械和發明以外的東西感興趣。

「該不會是機器人吧……」她碎唸著，然後接過機械手臂遞來的水杯。

可是機器人是不會有感情的，至少在倫理道德上不行。所以，會露出複雜表情的林又夏，絕對不是機器人，想到這裡，陳晞稍微安心了一點，自己應該還是個正常人吧，應該。

好想知道啊。那副表情，還有欲言又止的話語。如果變成好朋友的話，也許就能知道得更多了吧。

陳晞靠在椅背上，仰著頭，閉起了雙眼，總覺得有些昏昏欲睡。考試結束了，明天不用上課，即使睡著也無妨。

然後，她驀然想起一件重要的事。

「會被班導罵的……」

最後，陳晞還是向母親開口了。聽見女兒想打工的母親並沒有阻止，反倒還主動介紹了差事。

「冰店？」陳晞一面咀嚼著口中的泡麵，一面說道：「聽起來還不錯。」

「對吧，老闆娘是我的熟人，我來幫妳聯絡一下。」

母親的熟人，感覺應該也會是個不錯的人吧。陳晞拿過衛生紙，擦去沾上唇角的醬汁。她向母親說謊了，所以電話那頭以為她此時吃的是一般麵攤的炒麵——雖然也沒多健康，但總比真正的泡麵好多了。

「那就麻煩妳了，謝謝。」

「對了，姑且還是問一下，」陳晞的母親頓了一會，「妳應該不是在外面欠債了吧？」

這個問題讓她被剛入口的麵條嗆到，忍不住一直咳嗽，機械手臂立刻端來水杯。因為不斷咳嗽，她聽不太清楚對方的聲音，但大概是在關心自己。喝了幾大口水後，陳晞才緩和下來。

「怎麼可能啊！為什麼會這樣想？」

「要錢的話，直接跟我們說就好了嘛。」

「也不是特別為了錢……」

「還是，交男朋友了？」

「才不是。」

男朋友什麼的，她根本從來沒想過，也沒有興趣。國小、國中在學校相處的都是男孩子，雖然是因為家長要求才來搭話，但還是能從中感知到他們和自己絕對不適合當朋友，更別說進一步的關係了。

至今的求學歷程中，真正能稱得上朋友的，大概就只有青梅竹馬，以及幼稚園時期相處甚歡的女孩了。不過，那女孩是魔法使，所以在升小學後便沒能再見面，陳晞打從心底覺得可惜。

夏日計劃

「那是有朋友了？天啊，小晞——」

「媽媽！」

前者的門檻，怎麼想都比後者高吧！陳晞將水杯遞還給機械手臂，抬手揉揉發疼的眉心。看來自己的人際關係，在母親心中的評價低落到超乎想像。

但說不定事實並不是那樣。想起前幾天的事，她可是多了一個朋友，而且是很漂亮的朋友。她沒有說出口，因為總覺得會被母親揶揄一番。

「畢業典禮，我們不去也沒關係嗎？」

「沒關係啦，也不是什麼大事。」

小學畢業時，父母原先無法參加，陳晞因而略有埋怨。察覺到她的情緒，父母搭著紅眼班機連夜趕路，在最後一刻趕上畢業典禮，還準備了一大束花。陳晞後來才知道，那天，父親缺席了世界級的會議。

大概沒有比這更幸福的家庭了。不管怎麼想，都有點不現實。

「不會在半夜偷哭了吧？」

「我又不是小孩子！」

電話在母親說有要事後，便被掛上了。在掛斷前，母親還提醒了不少注意事項，因為知道對方是在關心自己，陳晞一項一項地耐心聽完，並全數答應下來。雖然做的跟說的總是兩回事，但她偶爾還是會想當個好孩子的。

母親和父親的成就不相上下，不過性格比父親還要隨性一些，陳晞總覺得和她說起話來比較輕鬆。

真是抱歉啊，爸爸。她在心裡想著，也許自己就是不擅長跟男性相處吧。

想起朋友的話題。陳晞從口袋裡拿出手機，不是平時用來聽音樂的老舊手機，而是時下最新的款式。能有兩支手機的十五歲少女，應該不多。她甩了甩頭，一直去思考這些，實在太沒有意義了。

雖然已經交換聯絡方式了，但她們從未互動過，對話框停留在為了確認好友加入成功而傳的貼圖，因為只要一邊有收到就代表沒問題，所以陳晞並沒有特別回覆。

要說些什麼呢？一般女生在使用文字聊天的時候，都會怎麼開頭？

陳晞靠上椅背，總覺得自己的問題實在過於可笑。她點開了自己和青梅竹馬的對話，最後是在「從兩百八十頁到三百零三頁」作結，大概是在說數學作業的範圍吧。

這完全不能參考啊。

「妳好。不，這樣太奇怪了。」總是要想到接下來的話題，才能聊下去吧。如果只打個招呼，對方一定會禮貌性的回應，那麼話題就會到此結束了。

上網求助，這個用詞感覺有些落伍了，但實際上還是有許多事情會需要這麼做，畢竟網路是人類不可或缺的好夥伴，花不了幾毫秒便可以有上千萬筆的答案，就算再過十年也不會被捨棄，應該吧。就像放在桌上的有線耳機，至今也還是有像自己這樣的人在使用。

有數個專門網站整理了聊天的技巧，知道不是只有自己在煩惱，讓陳晞的心情舒服多了。她逐條仔細看完後，還是沒有把握，可是又不想放棄好不容易得來的交流機會。

於是，在眾多選項內，她選擇傳了自己喜歡的歌曲給對方。

訊息很快獲得回覆，林又夏先是回應一個帶有問號的表情符號，接著很快便又傳來一則：「這是妳喜歡的歌嗎？」

沒想到會那麼快開始一來一回的互動，陳晞有些慌張。光是看文字，就能想像林又夏的語氣，大概是跟那天一樣平靜吧。

「對。」她只回了這麼一個字。

「真是太好了，我會認真聽的。」

因為太過於糾結要說什麼作為回覆，最後陳晞什麼也沒說，對話就停在林又夏的那句話。

她會聽嗎？一定會吧，林又夏不像是會騙人。但好像搞砸了，明明是想聊天，卻變成單方面的推薦，絕對算不上有效的互動。

可是，聽了好聽的歌曲，會覺得開心吧，如果林又夏能開心就好了。

隔天就是最後一週上課的日子，陳晞握著手機，在沙發上沉沉睡去。

所以她遲到了。明明學校離家裡很近，卻還是睡到用跑的也挽救不了。平常班導師對她關愛有加，但看著睡掉一整節課的陳晞，他怎麼也笑不出來。

「路上遇到什麼事了嗎？」

「不，只是睡過頭而已。」露出愧疚神色的陳晞據實以告，她還是第一次因為犯錯，而被叫來導師辦公室。

「那妳的領結呢？」

「啊……」

在林又夏那裡呢。但總不能直接說在別校的學生手上，那會被罵得更慘的，陳晞只是繼續維持抱歉的表情。而被提醒後，總覺得自己脖子變得涼快，有些不安，所以下意識地摸了摸。

「不能因為考試結束就懈怠啊。」班導師嘆了口氣，轉過身拿起桌上的一張Ａ４紙遞給陳晞。

陳晞愣愣地接過，「這是？」

「特殊課程的推薦信。」

紙上用標準字體寫著「推薦信」三字，底下則是正式的書信體，最後的署名正是陳晞眼前的班導師，甚至還附帶了校長的簽名。

「為什麼？」

「這樣會比較容易錄取喔，不，應該是保證能錄取吧。妳不是對特殊課程很有興趣嗎？到時候要記得交上去。」

班導師一連串講了陳晞無法即時處理的話，她愣愣地看著那張紙，不知道該說些什麼。因為有興趣，所以她曾了解過特殊課程的報名方式，雖然需要通過老師的認可再進行面試，但那也是升上高中後的事了，而且所謂的認可，大概是指到時候的班導師吧。

絕對不是這樣。連校長也簽名了，一般人絕對不是這樣的。

「那個，我不需要。」

「欸？」這次換班導師發出疑問，「妳不是說過想申請嗎？」

「張哲瀚有這個嗎？」

「他不一定能錄取啊。」

「成績還沒出來，我也不一定能錄取吧。」陳晞低下頭，紙上的文字寫得很認真，甚至把自己曾在校內外拿過幾次獎項都鉅細靡遺地列出來，「我不需要這種東西。」

措辭稍微嚴厲了一點，她知道，但就是忍不住。明明面對的是平常十分照顧她的班導師，但陳晞還是無法抵抗那種噁心的感覺翻湧而上，總覺得嘴巴裡都是胃酸的味道，即便吞嚥口水也無法散去。

想吃冰了。放學後去吃吧，就像正常的國中生那樣。不，待會就去吃好了。

「陳晞——」

陳晞向前一步，越過坐在椅子上的班導師，將那張Ａ４紙放到辦公桌上。

「我會自己申請的。」回到原位後，她禮貌地向老師微微鞠躬，「謝謝你們的好意。」

然後，她頭也不回地離開了導師辦公室。

世界是什麼時候開始變成這樣的呢？打從陳晞有記憶以來，父母便是國家研究員，時不時就會被邀請上電視，偶爾連她都會被帶去出席活動。作為附屬品，享盡各種好處的自己沒有什麼好抱怨的，甚至若有所埋怨的話，絕對會被人說不懂得珍惜。

可是不該如此。雖然沒有「人生而平等」的崇高理念，但她自幼獲得的利益已經夠了，即便現在跟她說要收回那四層樓的獨棟別墅，她也不會有異議。

這不是為了那些無能力者在鬧脾氣，更不是演出拒絕賄賂的清官角色。她只是想要在可以的範圍內，盡量當個普通人而已。

陳晞第一次蹺課。

她沒有選擇翻牆，而是默默回到教室收書包，默默走出教室，默默步出校門。除了提出疑問的同學們外，途中沒有任何人阻攔，警衛也只是看了一眼，什麼都沒說。

走到路口時，陳晞忽然有些害怕。過程順利得太詭異了，但可能也只是因為自己太過自然，就像是有公差得先離開那般。

一定會被媽媽罵的。不過不重要了，現在被記過的話，也不會影響到考試成績。校內成績就算了，說實話，成年後誰還會在乎國中時的品行是甲還是乙？

她也並不總是輕鬆。雖然得到老師的特別關愛，但考試成績還是得靠自己。為了維持分數，陳晞不曾懈怠，生怕要是哪一次考砸了，會丟父母的臉——即便他們不曾要求過她。

不是想成為父母，而是要成為超越他們的存在。明明知道不可能，仍愚蠢地匍匐前進。那些保護是束縛，也是枷鎖，等注意到的時候，已經怎麼也摘不掉了。現在這樣瘋狂地抓著自己的身體，只是在無病呻吟。

她腦袋很清楚，她都知道，也不需要任何人提醒。

陳晞轉頭看了一眼校門。

「爛學校。」

確認出席時數足夠以後，陳晞索性請假到畢業典禮當天，母親沒有問她原因，只是再三確定不會影響到畢業就同意了。走進禮堂時，班導師急忙閃避的眼神，她大概一輩子不會忘記吧。

不能成為那樣的大人。可是，誰又能保證呢？說不定在這麼想的同時，自己就朝著不喜歡的方向前進了也不一定。

長大後的事，就長大後再說吧。

禮堂內人聲鼎沸，大部分學生都是男孩子，被遮擋視線的陳晞花上一番力氣才找到自己的班級。幾個男生已經哭成一團了，她卻絲毫不覺感傷，只是瞄了他們一眼，然後拿起放在座位的胸花別上，還差點被針戳傷。

「ＹＯ！」

「這招呼好土……」

走到陳晞身旁的，是她的青梅竹馬，張哲瀚。和陳晞長得有些相似，戴著金框眼鏡，身高普通，稱不上帥，但很明顯要比附近的男孩們更出眾一點。

他和陳晞一樣，都出身自優渥的機械使家庭。不過，他的父母並不是從事公職相關的工作，而是遊戲業的大人物，當今最流通的遊戲主機便是由他們公司推出。陳晞當過白老鼠幾次，對於能夠完全化身為遊戲中的角色這點，她很是驚訝。

他們的父母是高中同學，但張哲瀚的志願並不是混校，而是醫校。他沒和家長討論過，當然老師們也不知道，陳晞則是在某一次對答案時偶然聽他提起。

醫校算是職校，無論是機械使還是魔法使都能夠報考，差異僅在學習的方式會稍有不同。曾聽保健老師提過張哲瀚的體質特殊，有那麼點魔法使的特質，大概在這方面還挺有優勢。陳晞沒有細問，她對張哲瀚的人生規劃並不感興趣，就算對方分享，她也只是聽聽。

她只覺得，能對繼承家業一點興趣都沒有，應該也是種幸福吧。

「妳的領結呢？」

「被拿走了。」

「拿走？被誰？」

「不重要啦。」陳晞朝對方做了個鬼臉。與其說是不重要，不如說張哲瀚不需要知道。

早上穿制服時，覺得脖子涼颼颼的，照鏡子後，陳晞才「啊」了一聲。自從分享歌曲後，她和林又夏便沒有再聯絡過，雖然待在家時好幾次都想傳訊息，但怕對方覺得煩，最後都還是作罷。她從頭到尾都沒想起，自己可以用拿回領結的理由開啟話題。

反正以後來日方長，總有機會的。即使清楚，心底卻很急躁。

張哲瀚也沒有追問，只是晃晃頭，「還以為妳真的變不良了。」他一面說，一面別上胸花。

「從哪裡以為？」

「不來學校上課、不遵守服儀，很充分了吧？」

「這舉證會不會太少了？」

「就差去染個金髮。」張哲瀚用手比劃著，「不過應該不適合妳。」

「別用手指人啊。」

「是說，妳會錄取嗎？」

對方老早就知道她的志願了，所以陳晞沒有對張哲瀚突如其來的問題感到疑惑，

「會吧。」

成績在畢業典禮前兩天出來了，和陳晞的預測差不多，雖然有點考砸，不過還在能接受的範圍，比對過去的標準，錄取混校應該是必然。沒來學校的陳晞並不知道張哲瀚考得如何，但看那個表情，大概也是十拿九穩。

「那麼我們就到這裡結束了呢。」

「別這樣講話，好噁心。」陳晞起了雞皮疙瘩，然而對方一臉平靜地看著她。

張哲瀚朝陳晞伸出的手握成拳頭，後者雖然一臉不明所以，但猶豫了一會，還是乖乖地和他碰拳。

「妳總有一天會知道的。」他微笑著說。

「賣什麼關子啊？」

陳晞總是對新的事物感到好奇，可是她從未想過多了解張哲瀚。因為認識太久了嗎？還是因為別的？就連這些問題，她也不想探究，而且如果認真研究的話，總覺得會有傷人的答案。

為了維持她在國中時期僅有的友誼，陳晞決定無視這一切。包含張哲瀚方才說的話，就算正常人該接著質問，但她打算當作沒聽到。

大概也就只能到此為止了吧。雖然很抱歉，可是她清楚自己並沒有想跟張哲瀚繼續當朋友的動機，和面對林又夏時的感覺完全不同。

如果沒遇到林又夏的話，可能會嘴上說著要保持聯絡吧。即便只是說說，那也比現在的狀況好。看來有什麼在無形中改變了，只是直至此時，陳晞才清楚地意識到。

在林又夏之前，她並沒有遇過任何想當一輩子朋友的人。

張哲瀚不再說話，他將視線轉向講台上準備說話的校長。陳晞低頭看了看自己的拳頭，明明因為雙方家長是好友，以後多得是機會見面，她心裡卻覺得這可能就是最後一次。

對方應該也是那麼認為的。陳晞心情還算愉快，畢竟除了外貌，她很少覺得自己跟張哲瀚有相似之處，不如說，他們在各種方面都恰好相反，能好好相處反而是奇蹟。

在書上讀到的「緣分」總是在述說人與人的相遇。不過，離別也是一種緣分吧？她還挺慶幸自己和張哲瀚有這種緣分的。

又夏花了幾天才整理好行李，轉頭看向空空如也的宿舍房間時，她百感交集。室友早一天離開了，因為不敢獨自睡，她硬是拉著許浩瑜來過夜。對方雖然臉上寫滿不願，但還是在那張空的床位睡了一晚。

「妳這樣回去怎麼辦？」浩瑜有些無奈地問，「我可不會去喔。」

「每天都會有孩子來我房間的。」

「別說得那麼奇怪！」

考試成績公布了，心中的一塊大石也終於得以放下。不知道陳晞考得怎麼樣？但需要擔心的本來就只有自己，又夏反省著。依陳晞認真的性格判斷，無論如何都能高分錄取吧。

魔法使學校是寄宿制，約兩年會有一次探親日，不過，又夏從沒參加過。她擔心自己一回去，就不會想再來學校了。

大考時她只提前一天回去，而且是深夜進門的，當時很多孩子都已經睡了，隔天又得參加考試，出門時，她們也都還沒醒。聽說院長去參訪了，所以也沒見到面。

再次踏進社區，又夏有種自己終於回家了的感覺。

向幫忙將行李搬下車的司機道謝，並目送他離開後，又夏深吸了一口氣，轉過身望向孤兒院，有些老舊的建築矗立著，多年前就已鏽蝕的招牌也仍穩穩地待在原處。

「我回來了。」又夏輕聲地說。

運輸是機械使的基礎魔法，因此魔法使體系出身的又夏只能乖乖地徒手搬運行李，幸好在搬第一個行李箱時，就被孩子們發現。她們嘰嘰喳喳地說要幫忙，於是不出幾分鐘，方才還在人行道上的行李堆，便被全數移進屋子裡了。

又夏跟在大家後頭進門，一個看起來約小學高年級的女孩朝她走來，兩人對上視線的時候，互相點了點頭。

「早安。」她伸出手，摸摸女孩的頭。

女孩有些僵硬地偏過頭，「……早。」

尚有一絲魔力的無能力者多半會被安置到魔法使學校，而有部分完全無法使用魔法的孩子，便不會有學校願意收容。眼前的這名孩子，還有方才搬行李的其中幾個就是這樣的案例。

不過，對她們來說也許是好的。又夏一點都不希望孩子們面對自己曾在魔法使學校遭受過的待遇。待在孤兒院，雖然生活空間受限，但院長從來不吝於教導，與其去學校被歧視，還不如就留在這裡。

自從找回前個時空的記憶，又夏都還沒見過院長。究竟院長和「那個院長」是不是同個人？她完全無法判斷。如果可以的話，她還真想跟院長好好談談。

「奶奶又去參訪了？」

「嗯，這次好像會去久一點。」

又夏眨了眨眼，「那家裡的事務怎麼辦？」

「她說姊姊會處理。」

才不要啊。又夏無奈地晃晃頭，「之前也有這樣過嗎？」

「嗯……」

看那欲言又止的神情，大概是眼前這女孩負責的吧。孤兒院的事務意外地多，得應付拚命想關掉孤兒院的政府，還有成天打電話來的家長。雖然院長一定會教些搪塞長輩的方法，不會真的要她處理，但又夏還是覺得要一個才十歲出頭的孩子面對這些事，實在有點過分。

「予晴，下次別再答應奶奶了。」

「嗯……」

大概是想拒絕也沒辦法吧。又夏完全能理解，她再次摸摸予晴的頭，「我回來了，所以以後有什麼事都要跟我說喔。」

「嗯。」

因為院長是個濫好人的關係，教出來的孩子多半都有同樣的傾向。又夏思索了一下，自己大概也是吧。

木造樓梯發出嘎吱聲，又夏一步一步地踩著，接著走向二樓走廊最深處的房間。打開門撲鼻而來的，是她熟悉的香氛氣味。上禮拜回來時她就發現了，自己的房間維持得一塵不染，簡直像沒離開過。

她點亮昏黃的燈，然後將側背包掛上衣帽架。猶豫了一下，又夏沒有選擇直接坐上床，而是拉開書桌前的椅子。房間的坪數不大，但能擁有自己的房間已是萬幸。離開那麼久，孤兒院也來了不少新的孩子，房間依舊保有原狀，她還挺意外。

奶奶實在太過偏愛自己了。雖然對照前個時空最後的狀況，又夏清楚那並不只是單純的偏愛而已。

隱約聽得見孩子們在一樓嬉鬧的聲音，不過影響不大，因為是白天，也沒什麼好勸阻。又夏靠上椅背，從口袋裡拿出手機，正想傳訊息給許浩瑜，對方便直接打了電話過來。

「幹嘛？」

「妳也接太快了吧？」電話那頭的語調聽起來有些訝異。

「怎麼了？突然打電話，感覺就沒好事。」

「嗯……」就算看不見表情，又夏也聽得出浩瑜的欲言又止，「妳晚點有空嗎？」

牆上時鐘的短針指著二，她猶豫了一下，本來想要跟新來的孩子們打個招呼的。但是許浩瑜不會這樣平白無故地想約人出去，肯定是遇上了什麼事吧。她想著該如何拒絕，可是最後還是說：「要約哪裡？」

按照許浩瑜給的地址，又夏搭了公車、轉乘，共花了快四十分鐘才抵達目的地。抬起頭，一棟白色的建築出現在眼前，在陽光的照耀下，仍顯得冰冷。

在又夏猶豫著該何去何從時，玻璃門自動打開了，從門裡走出一個比她還要更嬌小的女孩。許浩瑜在距離又夏沒幾步的位置停下來，然後指了指門的方向，「進來吧。」

先不談說起話來怪裡怪氣的問題，光是看表情，又夏就覺得對方有些不對勁。她想著待會一定得好好問，便跟在浩瑜後頭走進了玻璃門。

這棟大樓並不新，但是保持得很乾淨，連一點灰塵都看不見。浩瑜領著又夏直直穿過空空如也的大廳，然後轉彎走進電梯間。

看著浩瑜在裝置前掃描臉部的動作，又夏才驚覺自己來到了什麼樣的地方，「這裡是妳們的宿舍？」

「嗯。」待機械女聲報完編號後，浩瑜才按下向上的按鈕，「沒事。不會有人發現妳的，只是——」她用手指在唇上比了個噤聲的手勢。

雖然知道對方不會害自己，但又夏還是做好了心理準備。她捏緊拳頭，和浩瑜一起進了電梯。

這大概是她搭過最快的電梯了，數字轉瞬來到二十七，在「叮」的一聲後，電梯門緩緩地打開。映入眼簾的是一間一間的房間，因為放眼望去都是白色，又夏總覺得有點像是醫院。

沒走多遠，浩瑜便在其中一扇門前停下。她抬起手敲敲門板，房內隨即傳來回應，「等一下喔！」

如果沒聽錯的話，那是秋天的嗓音，又夏因此安心許多。

沒讓她們等多久，對方便打開門。

「哈囉！」秋天活潑地打著招呼，然而浩瑜怎麼也笑不出來，她身旁的又夏則是張開嘴巴。

「太亂了吧！」在門關上後，又夏才大聲地說出口。

「欸，還好吧？」

在秋天身後的，是一「坨」完全無法分類的物品。雖然環境還算乾淨，但怎麼都稱不上整齊。不曉得是因為開始整理後才變成這樣，還是有其他的因素，總之林又夏知道，這絕對不是一個明天就要搬空的房間該有的模樣。

難怪許浩瑜會要自己來幫忙，而且還不講清楚原因——要是知道的話，她絕對會找藉口，能不來就不來。

「秋天，妳是怎麼活的？」

「喂喂，我可是所有家當都得帶著跑啊。」秋天嘟起嘴巴，「東西多也沒辦法嘛。」

「我之前就勸過她要慢慢整理了。」浩瑜有氣無力地說著，然後拿起一捲封箱膠帶遞給又夏。

一個普通房間的大小，很難想像能堆那麼多物品。已經收好的只有寥寥幾箱，又夏一面收拾，一面碎唸：「既然知道自己東西很多，就要提早收啊。」

秋天沒有反駁，只是「欸嘿嘿」地笑，接著用膠帶把手上的紙箱封好。大概是知道頂嘴不會有好下場吧，看許浩瑜沉著臉的模樣，絕對跟自己一樣，罵過秋天一頓了。

過了半小時，又夏直起身子環顧四周，覺得總量沒有減少，然而這些物品的主人卻一派輕鬆地哼著歌，彷彿只是在消遣。來都來了，還是得幫忙整理完才行。又夏認命地又組裝起幾個紙箱。

等又夏再次抬起頭的時候，窗外的太陽已經幾乎完全西落，取而代之成為光源的，是秋天點亮的日光燈。

終於看得見地板了，堆疊在門口處的紙箱也變成驚人的數量。又夏長舒一口氣，她覺得自己今天流的汗應該是一週的量。

「妳得請我吃飯才行。」

「這是當然。」

浩瑜還是一副悶悶不樂的樣子。又夏總覺得事情不妙，她彎下腰，搬起對方腳邊的箱子，「妳怎麼了？」然而浩瑜只是搖搖頭。

收拾的過程中，又夏注意到許浩瑜不斷地確認當下是幾點，像是在趕時間，問她卻又獲得否定的答案。好歹也認識那麼久了，裝沒事是無法騙過又夏的。可是，她們並不是事事都互相干涉的關係。

如果許浩瑜不想說，她其實也就不想再問下去了。雖然直覺不斷提醒又夏，對方的反常可能跟自己有關，但她信任許浩瑜。如果浩瑜決定不說出口，也就不需要逼迫她。

大概吧。說實話，她可能並不確定，自己是否真的有想像中那麼了解浩瑜。

確認每一個紙箱上都有寫好編號後，又夏才離開。走去公車站牌的路上，浩瑜半句話也沒說，但又夏感覺得出來，她好像一直都想說些什麼。

公車站牌的螢幕顯示還得等五分鐘，又夏癟癟嘴。她偏過頭問道：「妳要一起搭車嗎？」

「不，我還得再幫她看看有沒有漏收的東西。」

「嗯，這樣也比較安心。」又夏露出理解的表情，晃了晃頭，「我就在這裡等，妳趕快去看看吧。」

「那個……」

「嗯？」

和平常不一樣的情緒波動，讓又夏很是疑惑。印象中，許浩瑜從未這麼抗拒和自己對視。若是因為秋天的行李而難以啟齒，那麼事情已經解決了，不該還會是這個樣子。一定還有別的事吧。又夏眨了眨眼，然後移開視線，想著是不是這麼做，對方會比較放鬆。

「我希望妳不要恨我。」

「恨妳？怎麼會？」

「就這樣，要注意安全，我先走了。」

恨她？要恨也是剛剛就恨完了吧。那整間房間的東西，又夏都不知道自己是怎麼收完的。打包完畢以後，反倒挺有成就感——雖然看秋天那副無所謂的樣子就生氣。

搭上公車後，又夏稍微回想了一下和許浩瑜相處的過往，即便是追溯到上個時空，她都不覺得有什麼是讓自己恨許浩瑜的契機。除了那次被利器刺穿肚子外——即使沒有造成實際傷害，但確實留下了陰影。

不過許浩瑜那麼做，也只是在測試自己究竟會不會「普通地」被殺死。這樣細想，還挺毛骨悚然的。許浩瑜當下究竟抱著什麼心情？是不是也是想著「不要恨我」呢？

因為勞動了一下午，又夏還沒想出對方究竟為什麼要說那句話，就在公車上沉沉睡去。

又夏後來是被警笛聲吵醒的。睜開眼的時候，公車司機站在她身旁，有些不好意思地說：「小姐，前面好像封路，要麻煩妳在這裡下車喔。」

腦袋迷迷糊糊的又夏很快地站起身，扶著扶手走下車時，還覺得雙腿有點發麻。她用手敲著太陽穴，試圖讓自己快點清醒。

在感官終於醒來的瞬間，她聞到了燒焦以及濃煙的臭味。

林又夏轉過身，看向距離約一個路口的位置，那是她心心念念要回去的地方。然而白天還穩穩地矗立的建築，此時燃著熊熊大火。電力系統看來完全停擺，火光照亮了四周，也映照在又夏的臉龐。

她睜大雙眼。

而許浩瑜的那句「我希望妳不要恨我。」再次浮現於腦海。

15

衝進火海時，陳晞什麼也沒想，能救一個是一個。而在這種時候，她深刻地感受到了自己的弱小。

進出兩趟，她總共帶出了四個孩子。本來還想試著再進去一次，但咳到疼的肺部告訴她，要是再進去的話，只會連自己也死在裡頭。

陳晞跪在人行道上不斷咳嗽，來察看狀況的大叔遞了瓶礦泉水給她，「年輕人啊，自己的命要緊啊。」

不幫忙就算了，少說風涼話。無論反駁還是道謝，陳晞都沒辦法做出回應，只是接過水就往嘴裡灌。

消防人員們的魔力覆蓋了整間孤兒院，讓火光顯得更加鮮紅，有些可怕。從消防車接出來的水管經過陳晞腳邊，水柱噴灑的聲音很大，但仍舊蓋不住惡火燒毀木材的劈啪聲響。

方才她無暇確認裡頭還有幾個小孩。三層樓的建築總共能容納幾個人呢？陳晞不敢想。每當又有消防人員抱著孩子衝出來，她都在心裡祈禱著這就是最後一個人。

一陣爭吵的聲音忽然竄入耳裡。陳晞轉過頭，發現一個女孩正在和消防人員爭執。被煙燻得有些視線模糊，她眨了眨眼，試圖看清楚，才發現那個人正是林又夏。

陳晞不顧還在碎唸的大叔，慌忙地撐著膝蓋站起身，朝林又夏的方向跑去。

「讓我進去！」林又夏大聲地說著，從顫抖的尾音聽得出來，她已經很努力地在保持平靜。

「妳現在進去只會造成麻煩而已！」整張臉都被燻黑的消防員沒有要讓步的意思，「妳想死嗎？」

「又夏！」陳晞發現自己說話的聲音很沙啞，但也顧不上那麼多。她打斷又夏和消防員的對話，抓住對方纖細的手腕，「裡面有幾個人？」

林又夏轉頭看向她，神情從驚慌變得平靜。藍色的光閃過，四周安靜了下來。連微弱的聲響都沒有，陳晞瞬間覺得自己的聽力出問題了。

可是，她還聽得見林又夏的聲音。

「妳也在這裡啊。」又夏嘆口氣，「三十二個，都是國中以下的孩子。」

「目前，應該，大半都出來了。」她斷斷續續地說著，現下的狀況讓她分心，連話都無法說完整，「那個——」

「大概多久了？」

夏日計劃

「欸？」

「起火到現在，二十分鐘？」

陳晞回想了一下，自己結束冰店的打工後，回家路上嗅到了不妙的氣味，轉過頭便看見從窗戶裡竄出了火舌。消防車應該是附近的店家通知的，她當下只想著要確認裡頭是否有人。

她拿出手機確認時間，「應該差不多半小時。」

晃著頭的又夏露出若有所思的神情，她摸摸下巴，先看了一下前方，再轉頭看向身旁的人。陳晞則是四處張望，腦袋再怎麼聰明，都無法解釋現下的狀況。

消防員全部都停在原地，方才碎唸的大叔也靜止不動了，不斷侵蝕建築的火焰則像凝固了一般。不符合常理，不符合物理邏輯，知識派不上用場。

「那個——」

「那就先回到一小時前。妳能幫忙嗎？」

「欸？」

「嗯，幫我把孩子們帶出來。」

一個小時前，我還沒下班啊。但此時也管不上那麼多了，神情嚴肅的陳晞點點頭。

「那就拜託妳了。」林又夏微笑說道，「謝謝。」

陳晞有些僵硬地移開了視線，「那麼，實際應該怎麼做？」

雖然還有點頭昏腦脹，但冷靜下來觀察，便能知道會有此時的景象，是因為時間暫停了的關係。即便確實超乎常理，不過「異象」在能使用魔法的世界並不奇怪，也曾在歷史課本上讀到過幾次相關的事件。

在陳晞的印象中，並沒有看過與「時間」相關的異象，所以會驚訝很正常。面對方才發生的一切，居然能適應得如此迅速，連自己都感到不可思議。

或許也要歸功於她的父母吧，畢竟是讓不可能轉變為可能的研究員。

「嗯，跟著我就好了。」林又夏一面說，一面用手指在空中比劃。

空氣中浮現出棋盤般的格線，閃爍的藍光照亮了又夏的臉。中心藍線交匯處有個實心的圓圈，她用指尖碰觸它，然後將其往右移一格。

接著，環境的嘈雜聲回到耳裡。陳晞睜大了雙眼，方才被火燒得半毀的建築，此時完好無缺地矗立在眼前。人行道上沒有煩人的大叔，道路上沒有停著消防車，圍觀的群眾也消失了。

「欸、呃。」她只發得出這樣的聲音，不可置信地轉頭看向林又夏，對方伸出食指，阻止她繼續說話。

「噓。」林又夏笑瞇了眼睛，很快又恢復認真的表情，「走吧，動作得快點。」

陳晞不擅長應付小孩，但她們意外地聽話。看著林又夏召集孩子們，輕聲細語地叮嚀注意事項的模樣，總感覺她還挺溫柔的。

因為不知道自己能做什麼，陳晞就拿著又夏給她的大袋子繞了孤兒院一圈，把她認為值得帶走的物品都裝進去。

走到二樓的時候，又夏跟在她後頭，也走了上來。

「總覺得好緊張啊。」陳晞一面說，一面四處張望，確認還有什麼是能幫忙收拾的。

林又夏越過她，旋開自己房間的門把，「沒事啦。」

「妳剛剛那副緊張的樣子，感覺就不是沒事啊。」陳晞拿起走廊的花瓶，猶豫了一下，然後她轉頭看向半個身體已經在房裡的人，對方眨眨眼，搖了頭。

很可惜啊，明明很漂亮的。陳晞一臉不情願地將花瓶放回原處。

「每一次移動時間，都是一次『選擇』。」從房間裡出來的又夏手上多了一樣東西，認真一看，陳晞才發現那是自己的領結。

「啊。」

「如果可以的話，我並不想做那麼多選擇。」又夏將藍色的緞帶遞給陳晞，「畢竟，誰也不知道『選擇』後會有什麼後果，是不是會多一個平行時空？在我不知道的時候，也許有孩子正在受苦也不一定。」

若問她聽不聽得懂，那答案是否定的。介於能理解與不能之間，陳晞仍點了點頭，

「那妳覺得怎麼做是正確的？」

「怎麼做都不正確吧……我只是選了讓自己比較舒服的道路而已。」

陳晞沒有選擇接下緞帶，而是轉過身，將剛剛放棄了的花瓶再次拿起。

「這也是讓我比較舒服的選擇。」

「好吧。」又夏不禁笑出來，「但那是贗品喔？」

「是贗品也沒關係吧，至少很漂亮啊。」

協助孩子們收拾完畢後，林又夏再次發動了能力。即便是第二次看到，陳晞還是覺得有些不可思議，牆上的時鐘停擺，躁動的女孩們瞬間變得安靜。

她跟在林又夏身後進了走廊最深處的房間，淡粉色牆面、淺色系擺設，和林又夏很相配。香氛味道與對方的魔力氣味混在一起，陳晞皺了皺鼻子，她並不討厭，反而還覺得自在。

又夏拉開椅子示意陳晞坐下，「我想慢慢收，妳坐一下吧。」

「在妳收的時候，我可以問一些問題嗎？」坐下的時候，陳晞總有種自己曾來過這裡的錯覺。

「在我能回答的範圍，都可以唷。」又夏拍了拍她的肩膀。

在說話前，陳晞猶豫了一下，要問怎麼樣的問題才不會冒犯到林又夏？但好奇的事情實在太多，她覺得自己似乎無法好好考慮該如何發問。

「妳是魔法使。」

夏日計劃

「這聽起來像肯定句喔。」又夏拿出行李箱，將牆上的相框、抽屜裡的紙張以及書櫃裡的相簿都收進去。

背部傳來的觸感讓陳晞嚇了一跳。如果只是為了收拾書桌上的東西，不需要靠得那麼近吧？但她一動也不敢動。

「所以，妳的能力是『時間』？」

「正確答案。」

「但這裡是無能力者的收容所。」

又夏摸摸下巴，「要說是孤兒院也行。」

「所以妳是無能力者？」

「在正式資料上的話，是的。」

還真的是刻意隱藏魔力的無能力者啊。陳晞不禁覺得自己看人很準，林又夏還真是會做這種事的人。

她清了清喉嚨，「還有一個問題。」

「問吧問吧。」不曉得為什麼，又夏說話有些節奏，就像是要唱起歌來。

「為什麼我不會受妳的能力影響呢？」

「我還真不知道。」頓了一下才回答的又夏，伸出手摸摸陳晞的頭，「這就要靠妳找答案了。」

為什麼是我？陳晞沒有問出口，不如說，她現在更想知道林又夏為什麼要碰自己。對方明明已經收回手，但手掌的餘溫還留著，她花了點力氣才忍住沒有抬起手摸自己的頭頂。

反正這世界可能也沒有什麼正確答案吧。

哼著歌的林又夏看起來像是在整理要去畢業旅行的行李。要經歷過幾次類似的事情，才有辦法如此迅速地轉換心情呢？至少陳晞還對火災現場感到心有餘悸，甚至一直覺得待會就要燒起來了。

身體沒什麼大礙，外傷也由林又夏協助處理過了，雖然喉嚨還有些不舒服，但應該不成問題。

一切會好起來的。她想這麼對林又夏說，可是怎麼也無法開口。

因為她總覺得，哼歌只是在轉移注意力而已。要離開這裡，林又夏肯定比想像中更難過吧。光用看的便能發現此處充滿生活痕跡，若從小便隱藏能力的話，她肯定也在這裡長大，除去魔法使學校的上課期間，起碼也有五、六年在此生活。

陳晞打斷了又夏的輕哼，「不能阻止火災嗎？」

「會燒起來就是會燒起來喔。」

「妳怎麼能確定呢？」

「嗯……」似乎又夏本人也不知道答案，露出了思考的神色，「直覺吧。」

「我想到一個方法。」

將魔力持續施放，維持建築物處於時間靜止的狀態。這個方法雖然會造成林又夏的負擔，但已經是最好的選擇了。陳晞沒有逼她決定，畢竟無論怎麼做，傷害到的都是林又夏，而不是自己。

對於自己身處在怎麼樣的立場，陳晞很清楚，就是隔岸觀火罷了——即使她是真心想要幫忙。

「好啊。」本來還以為會看到面有難色的又夏，沒想到她答應得很爽快。

「欸？真的？」

「嗯，雖然感覺會很累，也不知道會不會成功。」在床沿坐下的又夏摸摸下巴，「但妳覺得那是好方法，對吧？」

「啊，我不知道好不好，但應該是最安全的方法。」

「那我就相信妳。」

陳晞眨著眼，移開了視線。

討論過後，她們還是決定先將孩子們安置到別的地方。雖然林又夏看起來有些不願意，但為了安全，也不得不那麼做。能維持孤兒院不要被燒掉，大概就是最好的結果了。

林又夏的魔力量絕對超乎想像，但就算擁有大量的魔力，總有一天仍是會用光的。

在對方收拾的過程中，陳晞的腦袋不停地思考著要怎麼樣才能幫助到林又夏。

有時候，人就是會漏掉最接近自身的解方。

「啊。」陳晞不自覺地發出了聲音。

正彎著腰從衣櫃裡拿出東西的又夏急忙轉過頭問：「怎麼了？」

「我想到了。」

16

魔力轉換裝置、魔力容器，是讓陳晞的父母能擁有現在地位的重要發明，不僅改變了現有的電力系統，還連帶造成科技變革。

若在孤兒院設置「容器」的話，說不定就能減少林又夏的魔力耗損。雖然無法完全替代又夏的能力，但至少可以讓她稍微省力一些。

不管怎樣都會燒起來的建築，和不管怎樣都能控制時間的女孩，最後誰會勝利呢？陳晞的腦海浮現可笑比賽的想像。

「就這樣讓我來住，真的好嗎？」

牆上時鐘運作正常，滴答聲響聽起來讓人十分安心。按照陳晞說的，又夏將一部分的魔力用來「維持」孤兒院的時間，所以現在她身上泛著微弱的藍光。

沒想到真的能控制單一物件的時間，這看在陳晞眼裡很不可思議，然而當事人一臉稀鬆平常，看起來對她的負擔真沒有想像中大。

「我的父母幾乎都在國外工作，沒問題的。」陳晞接過機械手臂遞來的拖鞋，「這給妳穿。」

「啊，謝謝。」

「而且要用裝置的話，還是得來家裡才行。」

後來，又夏打了通電話給孤兒院的院長，簡單地說明狀況後，便有幾台廂型車來把孩子們接走了。在送走她們的時候，她擁抱了每個孩子，還一一叮嚀囑咐。

陳晞沒聽見又夏都說了什麼，那時候，她刻意走到對面的人行道等候，不然總覺得好像在涉足別人的私生活。她跟林又夏不是那樣的關係，至少，剛認識的朋友都不會是那樣的關係。

但是誤打誤撞，好像因此更了解了林又夏一點，跪著對孩子們說話的她柔和得驚人。

「畢竟不是民生用品呢。」

又夏看起來有些拘謹，連動作都比平時小上許多，但這很正常，因為身處別人家。若角色對換，陳晞大概連走進來都會覺得很緊張吧。

陳晞轉過頭，「當自己家就好了。」

「我可是會當真的唷。」

那也沒關係。但陳晞沒說出口，她可不想被當成藉機誘拐少女的怪人，「我去準備房間給妳。」

走上二樓，往左手邊走到底，便會來到平時作為客房的空間。陳晞很少會來這裡，最根本的原因，是她並沒有能叫來家裡玩的朋友。她從衣櫃裡拿出新的床單、棉被，機械手臂則替她用雞毛撢子清掃灰塵。

陳晞打了個噴嚏，顯得有些狼狽，「是不是用吸塵器會好點？」

機械手臂歪歪角度，然後上下晃了兩下。

「那就拜託你啦。」

這個房間上一次被使用，是父親的研究做不完的時候。陳晞還清楚記得，那幾個被她父親稱為學生的人，有著跟她父母一樣的黑眼圈。偶爾陳晞睡不著，想去廚房倒杯牛奶來喝，都能看見位於一樓的研究室還亮著燈。說實話，客房幾乎沒有真正被使用過，因為貴為國家研究員的那群人，都直接躺在地板上睡。

他們見到陳晞時，總會叮嚀她別走這條路。不過，這是徒勞的建議，畢竟有怎樣的未來，出生時就已經決定好了。如果不像他們一樣做研究，那麼身為機械使的自己該做什麼工作呢？陳晞曾思考過，然而好像就只有五金行的老闆可以參考。

夏日計劃

比起禿頂、圓肚，她寧願選擇睡在地上，有著消不去的黑眼圈也無妨。

因為太久沒使用，即使有機械手臂的幫忙，陳晞還是花了不少時間才整理好客房。她向後退一步，試圖找出還未完善的地方，但一切看起來都很好，應該算得上舒適，該有的設備也都有。那個她執意帶來的花瓶，好好地安置在床頭櫃上。

陳晞站在樓梯旁喊了林又夏的名字，卻沒有獲得回應。她莫名有些擔心，所以三步併作兩步地跑下樓，最後在沙發上找到睡著了的女孩。

「睡著了啊……」看對方沒事，陳晞鬆了一口氣。

即使是已經是轉熱的季節，就這麼睡著還是會著涼的。考慮了一下，陳晞便要機械手臂把自己剛剛放上床鋪的被子拿來。替又夏蓋上的時候，她有些沒來由地緊張，生怕對方會突然甦醒。

微弱的藍光圍繞在又夏身旁，就像替她的身軀畫出了輪廓線。會一聲不吭地陷入熟睡，也跟必須持續施放魔力有關係，曾經因為一項研究作業得熬夜跑數據的陳晞再了解不過。雖然並不需要耗費太多精力，但如同不斷重複地抬起手，會漸漸變得越來越累。

又夏能維持到何時？即使魔力會固定恢復一定的量，卻不保證能夠用多少就回復多少。若不趕緊利用裝置的話，先不論孤兒院的下場，她的身體一定會先出問題的。

怕吵醒沙發上的又夏，陳晞躡手躡腳地旋開研究室的門把，門板敞開時，紅光照亮了她的臉。裡頭整理得很乾淨，是母親的傑作，房內的兩張桌子都設置了不少儀器，其中最重要的便是通稱容器的「魔力儲存裝置」，以及相關的轉換設備。

雖然外觀看起來只是個普通的方形鐵製盒子，但一般的機械使是製造不出來容器的，連目前的陳晞都還辦不到。國內外現行的所有相關設施，都由陳晞的父母親手打造，這也是為什麼他們動不動就得離家一年半載。

要用的話，向母親解釋一下就沒問題了，陳晞的不安，是來自於這項提議到底能不能幫助到林又夏。就算能利用裝置儲存魔力，但能力仍舊得隨時保持在發動的狀態，降低了身體的負擔，可是精神的消耗無法完全避免。

如果有更方便的器材就好了。退出研究室後，陳晞邊思考著可能性，邊將林又夏帶來的行李搬上樓，基礎魔法搭配上機械手臂，她沒花到什麼力氣，只有在不小心撞到樓梯扶手時，慌慌張張地轉頭確認自己有沒有吵醒對方，因此流了一身冷汗，其餘部分都很順利。

完成前置作業後，洗完澡的陳晞回到客廳。她坐在單人座，而又夏將雙人座沙發當成床熟睡著。

能睡得那麼熟，代表很安心吧。陳晞挺欣慰，雖然只是剛認識沒多久的朋友，但林又夏願意展現能力，還毫不猶豫就來她家，大概就是所謂的信任。

身為國家研究員的孩子，陳晞對自己的口風有自信，而且她也沒有任何出賣林又夏的理由。林又夏在這個保全設施全國第一的家很安全，作為機械使，陳晞也具備一定的自保能力，綜合考量之下，將又夏安置在家裡，是再正確不過的選擇。

父母不在，也不會無端造成她的壓力，無論怎麼看，都沒有不讓她借宿的藉口，所以母親肯定能體諒的。陳晞考慮了一會，還是傳了訊息給母親，簡單敘述事發經過。

意外的是母親並沒有直接來電，而是用一個寫著「ＯＫ」的表情符號作為回應。她在訊息裡面，首次用了「朋友」這個詞代稱別人，直到重新審視已經發送的訊息，陳晞才意識到這點。

不知道為什麼要臉紅，明明只是很一般的敘述而已。她下意識摸了摸自己的臉頰，熱熱的。

傳完訊息的陳晞，就像是完成了一個重大的任務。她癱坐在沙發上，閉上雙眼，打算小憩一會，等自己醒來時再讓林又夏去房間睡覺。然而就在入睡的前一刻，她聽見對方說了些什麼。

「嗯？」陳晞以為是林又夏醒了在對自己說話，所以立刻坐直身子，但當事人的雙眼緊閉，明顯仍在熟睡中，只是嘴巴喃喃地說著夢話。

她有些無奈地笑出來，「什麼嘛……」

原來真有人會說夢話。之前曾想著要多了解林又夏，那麼這樣也算是又多了解了一個面向吧。

不過，好像並不是什麼美夢。

林又夏持續嘟噥，眉間糾結，隱約能看見她額角的汗。從握緊的拳頭判斷，大概是做惡夢了。陳晞站起身，為了替又夏擦去汗水而俯身的時候，聽清楚了她都在說些什麼。

「陳晞……不要過去……」

「欸？」

不要過去？去哪裡？因為清楚對方只是在做夢，所以陳晞沒有問出口。她輕輕地用衛生紙在又夏的額角按壓，然而又夏還是一直在喊她「不要走」、「不要過去」。

「我不會走，也不會過去。」就算這麼說，林又夏也聽不見，但陳晞還是輕聲地說著，「我會一直都在這裡的。」

最後，她握住了又夏捏緊的拳頭。又夏的手很小，能輕鬆用掌心包覆。跪在沙發旁的陳晞繼續說：「沒事的，妳很安全，我在這裡。」

大約過了十分鐘，隨著緊握的拳頭鬆開，又夏的眉間恢復平順，沒有再說夢話。

陳晞鬆了口氣，才覺得自己讓她很安心，沒想到就做惡夢了。正想起身，卻發現不知道什麼時候，手被反過來握緊。要一根一根地拉開又夏的手指，她絕對辦不到，何況那麼做，一定會吵醒人的。

她只好找個讓自己舒服一點的姿勢，繼續待在沙發旁邊。反正以後做研究也得睡地上，不差這一次。

「晚安。」

17

醒來的原因不是其他，正是因為坐在地上睡著導致的腰痠背痛。整個人歪一邊的陳晞有些艱難地坐直，蓋在身上的毛毯隨之落下。想揉眼睛所以試著抬起手，卻動彈不得，她這才發現，自己的手還和林又夏牽著。

「嗨。」

早就睡醒的又夏輕鬆地打了招呼，這讓陳晞嚇得倒抽一口氣，她下意識想抽回手，對方卻收緊指縫。

又夏坐在沙發上，俯身靠上陳晞的肩膀，「剛剛跟妳借了浴室，不好意思喔。」所以現在聞到的味道，是自己的盥洗用品……嗎？不對，選用的並不是那麼香的氣味啊。

因為突然拉近的距離，陳晞有些緊張地繃緊了身子，她現在可以說是動彈不得，明明是高挑的身材，此時卻盡力地蜷縮著，活像做錯事的孩子。

「不會，是我睡著了，真抱歉。」

在地上還能睡得那麼熟，連林又夏起床、離開都沒發現，陳晞還真是服了自己，本來還有些訝異對方的信任，沒想到，擅長信任的另有其人。

可是，林又夏怎麼知道浴室的位置？陳晞本來想問，但是被對方的動作打斷了。又夏伸出另一隻手摸了摸陳晞的頭，「幹嘛道歉。」

眼前這人絕對是自來熟的典範了，陳晞收回方才覺得自己更加誇張的想法。不過，從初次見面時就是如此，雖然是她先上前搭話，但林又夏很快便像兩人已經認識許久般地發言。

甚至還拿走領結什麼的，若真有社交技能排名，第一名肯定非林又夏莫屬。

「那、那我去刷牙。」似乎是因為理由充分，林又夏終於放開手。陳晞撐著沙發的邊緣站起身，才發覺連膝蓋都已經僵硬。

「要吃早餐嗎？」

「欸？」揉著膝蓋的陳晞快速地回想了一下冰箱內的物品，但她並沒有相關的記憶。前一次打開冰箱，已經是父母剛出國那週的事了，後來，她不是去餐廳外帶回家，就是去便利商店覓食，或乾脆吃泡麵。

就像是個不懂得自理生活的人一樣，事實也是如此，可自尊心阻止了陳晞坦白，然後跟著起身的又夏拍了拍她的手臂，「好啦，妳去刷牙吧。」

身為這個家目前的主人，居然被趕去刷牙，感覺還挺新鮮。陳晞也不清楚自己為何要如此唯唯諾諾，但還是在林又夏的注視之下上樓盥洗。

將涼水拍上臉頰時，她頓時清醒許多。浴室裡的毛巾架多了一條陌生的浴巾，看來是林又夏從行李中拿出來的。明明說一聲，就可以拿給她了。陳晞忍住了拿起那條浴巾的衝動後，才驚訝自己居然會有這樣的想法。

不就像個變態一樣嗎？她再次用冷水朝臉上潑，燥熱卻無法平息，抬起頭時，臉頰依然紅得透徹。

瘋了吧，陳晞。

等到紅暈稍微退去一點，陳晞才鼓起勇氣準備下樓。若不冷靜下來，她擔心自己看到林又夏時會羞愧致死。

還沒走下樓，便有小麥和咖啡的香味傳來。陳晞皺皺鼻子，她有好久沒在家裡聞到料理的氣味了，有些不習慣。

踏上平面時，又夏恰好端著盤子從廚房走出來，「喔，梳頭髮了。」她瞇著眼笑，而陳晞尷尬地撇開頭。

林又夏和居家的場景並不相配，因為那張臉太過精緻的緣故。說實話，她更適合待在採光良好的宮殿裡頭，優雅地坐在昂貴的椅子上，啜飲僕人送來的花果茶。陳晞一面拉開自家的餐桌椅，一面毫無節制地想像著。

但若是拿她在孤兒院和孩子們的相處對照，現在的情況似乎合理許多。又夏很會照顧人，光是從她替其中一個女孩整理衣服的模樣就能看出來，和自己是天壤之別。陳晞覺得光是獨自好好生活，就已經耗費掉大半力氣了，遑論要照顧別人。

該說幸好嗎？林又夏並不是需要別人看顧的類型。對於自己不負責任的想法，陳晞感到很抱歉，可卻是不爭的事實。

她連根手指都沒動，又夏就將早餐都打理好了。主食是一顆蛋、兩根德國香腸，以及一片抹了奶油的吐司。雖然很簡單，但這是陳晞自父母出國以來，初次吃到從自家廚房誕生的料理。

「冰箱很空欸，妳平常都吃什麼？」

果然還是被發現了。陳晞有些尷尬，不過未來還得共同生活一陣子，就算不是今天被知道是生活白痴，也會是明天。而且，林又夏看來並不意外，比起打從心底的疑惑，她的表情更像單純在找話題閒聊。

「我不太擅長下廚。」陳晞決定直接坦白，「大部分都是從外面買回來吃。」

「聽起來就好不健康喔。」

很簡單、很普通，可是意外地好吃。這是陳晞對於早餐的看法，然而在對方問她感想時，她卻什麼也講不出口，只說：「不錯。」

想當然，獲得了有些氣餒的表情作為回應。

跟林又夏同桌吃飯不會感到壓力，在陷入沉默的時候，她便又會找到下個話題。這也是社交能力的一環吧，即使只是初識的關係，仍然能聊得像同班過一年。陳晞不禁回想了一下，過去在班上是否有能這樣對談的同學，想當然，答案是否定的。

「我來洗碗吧。」

「沒關係啦，也不多。」林又夏越過陳晞，將餐盤放進流理台，「機械手臂不能碰水，對吧？」

「是可以，但會增加故障的機率。」

「果然還是有麻煩的地方呢。」

咖啡香氣遲遲沒有散去，父親對咖啡豆很是堅持，只是跟著喝的陳晞一竅不通，不僅產地，就連烘焙程度都有所差別，想到有那麼多細節，她便決定繼續跟著喝就好。

說到咖啡，林又夏又是怎麼知道器具在何處的？也沒聽見她疑惑調味料的位置。如果深究的話，似乎會像在質疑，為了接下來的日子還是能順利吃到早餐，陳晞決定把問題嚥回去，但並不是就打算讓答案成謎。

相處的時間會增加，能找到解答的機會便會增多。如果不方便透過對方的嘴巴知曉，那自己觀察便是，她很擅長。

有一點麻煩，但還蠻有趣的。

將圍裙遞給機械手臂後，林又夏走來客廳，「對了，我大概六點左右會離開。」

沙發上的陳晞眨了眨眼，「欸？」

「妳今天有事嗎？我可以幫妳鎖門。」

不，事情朝著不理想的方向發展了。陳晞慌亂地站起身，「妳要去哪？」

「奶奶說有幫我聯絡——」又夏垂下眼簾，無奈地笑出聲，「怎麼了？」

洗澡後才換上的白色T恤衣角被陳晞捏得發皺，她也不太懂自己為什麼要那麼用力，明明對方根本還沒要離開。察覺林又夏也注意到了這反常的舉動，陳晞尷尬地鬆開手。

「住下來也可以喔。」她坐直身子，故作平靜地說著，「反正我父母都不在家。」

又夏看著沙發上的人，眨了眨眼，「聽起來好像在做壞事？」

「欸、欸？」過了幾秒，陳晞才反應過來，「我不是那個意思！」

像是得逞一般，又夏瞇起眼笑，「我知道啦。」

被捉弄了，但無法生氣。她只是困窘地移開視線，「總之，真的可以住下來。而且還沒有把妳的魔力裝到容器裡面。」

因為和父母的關係良好，陳晞有把握他們一定不會有異議，何況母親恨不得有人可以照顧她，又夏是再好不過的選項了。雖然弄得像自己在找保母一樣，但如果可以讓林又夏留下，陳晞很樂意把自己當成小孩。

對方的表情看起來也很認真在考慮，不過最後還是搖了搖頭，「那樣的話太麻煩妳了，能收留我一晚已經很不好意思了。」

夏日計劃

「真的沒關係。」

兩人莫名展開了「真的沒關係」與「真的有關係」的對決。自幼生活中沒有什麼需要陳晞如此堅持的事，所以把從出生到現在的堅持額度用在此處，她並不介意。現在自己的表情一定很猙獰，林又夏的也沒柔和到哪裡去，雖然漂亮的人就算皺著眉頭，還是稱不上難看。

如果讓林又夏離開，和她的關係就會瞬間變得薄弱。而若將她留下，勢必總有一天得涉足孤兒院與政府的角力，但這不就正好合了自己的意嗎？

「妳說，要一起改變的吧？」

「什麼？」

「改變世界。」

真正說出口，活像是中二病在痴人說夢。陳晞都想嘲笑自己了，可是她並不是在開玩笑。從林又夏的表情變化，也能看得出她不覺得這句話荒謬。

對林又夏伸出援手，無非就是在否定社會對無能力者的看法，在外人眼裡，便是無端地蹚渾水。父母被拖下水的機率是百分之百，不過他們大概不會在意——不，即便在意也沒有用。

社會教會陳晞的，比書本上的知識還要少上許多，最實用的，即是如何利用權勢。

而答案就在這裡，就在這個家，就在她的血液裡，在她從父母身上繼承的能力當中。

就算父母拒絕，那些看重血緣和出身的人也不會否定自己。陳晞握緊了拳頭，明明找到了解法，卻並不感到舒服。

「妳願意做到什麼程度？」

「欸？」

又夏在陳晞身旁的位置坐下，魔力和洗髮精的味道分散了陳晞的注意力，她晃晃頭，還是沒能理解對方剛才說的話。

「為了我的話，妳最多能做到什麼程度？」

得先設想會造成什麼後果。雖然還沒有縝密的計劃，但她也不是莽撞的笨蛋，將家借給林又夏住，並不會實質上造成改變，這點陳晞還是清楚的。透過自己建立能力者與無能力者之間的橋樑，才是最可能影響現狀的方法。

也得弄清楚父母能左右政府決策到哪個地步。如果都已經決定要靠權勢，那就得徹底利用才行，否則現在心底所感到的不適就毫無意義了。

扭轉大眾對無能力者的觀感，不會是一朝一夕能做到的。至少高中畢業之前，能稍微有點改變就好了。短期目標的話，就得看林又夏想做些什麼，畢竟她是最了解孤兒院，也最理解無能力者的人。

「只要妳想，我都會盡力去做。」

「為什麼要為了我做到這樣？」

是啊，為什麼？不過說到底，也不完全只是為了林又夏。大概是某種報復心態，對於這個世界的不公平、對自己享受的好處。如果不找個方法反擊的話，她或許會變得憤世嫉俗，即使她什麼都擁有了。

但陳晞說不出口，因為她無法否認自己是為了林又夏。不會有人為了剛認識的朋友就做到這種程度的，她知道。換個角度想，要是今天張哲瀚需要幫忙，陳晞並不覺得自己會毅然決然地伸出援手。

肯定會思考多方的利弊，然後做出對自身最有利的選擇。說到底，她還是個機械使，看重邏輯和事實。

可是在林又夏身上，理論不奏效，眼見也不一定能為憑。所以他們不一樣，她不願意為張哲瀚做的，或許換成林又夏，都能成立。

今天眼前的無能力者若不是林又夏，一切就不會發生。

「因為我對妳很有興趣。」

那肯定不會是僅止於好奇。只是就連陳晞也不知道其他情感該怎麼命名。

沒有因為聽見魯莽的發言而感到驚訝，林又夏只是若有所思地點了點頭。從她身上仍感受得到魔力正在穩定發散，因為感知不到正確的魔力量，還能夠這樣撐多久，陳晞無法確認，想必從剛才就不停拒絕的又夏也不會願意說。

勢必得利用魔力容器，否則再這樣下去，即使林又夏是魔力充沛的怪物，某天也會消耗殆盡的。這是長期抗戰，她不可能無法理解。難不成要放棄嗎？但此時仍在持續使用能力的話，代表又夏也還在想辦法。

「妳喜歡我嗎？」

「嗯。不對，什麼？」

「如果不是喜歡我的話，做那麼多很沒道理呢。」

從林又夏的眼神中，看不出她是不是在捉弄自己。陳晞抿起唇，究竟要說到什麼地步，才能說服眼前的人，她花了點時間衡量。

「可能……」

「嗯？」

「我覺得，我可能會喜歡上妳。」

林又夏留下來了。

她沒有針對陳晞的發言回應，只是開口問了該怎麼使用裝置。被自己說出口的話震驚的陳晞頓時無法回神，一直到又夏問第二遍，才急急忙忙將對方帶去研究室。

「原來這麼小一個啊。」又夏接過陳晞遞來的方型盒子，表情有些疑惑。

「家用的話就是這個大小。」

感到困惑很正常，在新聞內出現的魔力容器裝置，都比現在又夏手中的還大上好幾倍，畢竟那是專門提供給大眾運輸使用的，基於安全性，陳晞的父親並沒有將其縮小的打算。

一般人家裡不會有這樣的裝置，先不論使用者必須是機械使，光是成本就讓單一裝置的造價超乎想像，而且，普通家庭不會有使用需求，即便技術成熟能夠量產，大概也只會有喜歡做研究的機械使買單。

「感覺很像小學的時候做的記憶膠囊呢。」

「你們有做那種東西？」

「你們沒做嗎？埋到土裡之類的。」

「我完全沒印象。」

「那有機會來做一個吧。」又夏嘗試用手打開裝置的蓋子卻未果，她有些氣餒地遞給陳晞，「果然打不開。」

「這很正常。」裝置落到陳晞手裡的瞬間迸發出刺眼的紅色光芒，接著蓋子自動打開，還微微冒著煙。她朝又夏伸出手，「準備好了嗎？」

對方看起來有點緊張，畢竟是第一次見到這種裝置，緊張是能理解的，接觸到又夏的指尖時，陳晞能清晰地感覺到她在顫抖。

「沒事的。」陳晞輕聲地說，「數到三就開始吧。」

「三。」

「喂！」

陳晞本想吐槽，但還沒說話便迎來一股巨大的魔力衝擊，她甚至得稍微彎腰，才能好好站著。藍色的光點充滿整間房，就算瞇起眼也還是看不清林又夏的臉。光點不斷地凝聚，最後的終點，都是陳晞手上的小方盒。

很明顯是顧慮到陳晞，又夏才沒有瞬間釋放更大的魔力。理解到這一點，她不禁有些恐懼，林又夏到底擁有多強大的力量，對她而言完全是未知數。

這便是魔法使可怕的地方。因為鮮少與魔法使相處，多數機械使都對未知的能力感到恐懼，陳晞本以為自己有機會跟那些人不同，卻在此時充分認知到刻在自己血液裡，來自數代祖先的機械使身分。

她等了許久，光點才終於散去。林又夏的輪廓回到視線裡，再眨眨眼，便能看清楚那張漂亮的臉。她的胸膛激烈起伏著，臉頰也泛紅，臉色一點餘裕也沒有，這讓陳晞有些意外。

本以為這對擁有大量魔力的林又夏來說輕而易舉，但事實並非如此。察覺到又夏似乎整個人向前傾，陳晞慌張地伸出手扶住她的肩膀，「妳還好嗎？」

「好像得休息一下。」又夏本就白皙的臉龐此時更顯蒼白，她勉強地揚起唇角，「沒事啦，別那副表情。」

「到房間休息一下？」

「陳晞，妳有發現妳很擅長講一些會讓人誤會的話嗎？」她一面說，一面靠上對方的身體。

陳晞再次繃緊了身子，從小接受的禮貌教育讓她知道應該要保持人與人之間的距離，但很明顯又夏現在的狀況並不適合被推開。

「我是覺得挺正常的。」

把又夏送進客房花不了多少力氣，陳晞卻覺得一整天的活力就消耗在這裡了。雖然她基本上等於癱在陳晞懷裡，但還是有亂動的餘裕，當事人又罵不出口，只能任由林又夏在身上亂摸。

如果家再小一點的話會方便許多。不讓機械手臂處理，是因為不希望像在運送物品，何況機器總有可能不慎弄痛人。陳晞不想要製造任何林又夏可能抱怨的機會，雖然現況也不甚完美，但至少她看起來玩得很開心。

才覺得一切順利，陳晞就在階梯上絆了一下，「喂喂！不要摸我胸部！」

將林又夏放上床鋪的瞬間，她覺得自己的腰獲得了救贖。雖然抱著的對象體重不重，也利用基礎魔法降低了重量，但對於近期幾乎沒運動的陳晞而言，仍有些吃力。

她一邊在腦內制定接下來的運動計劃，一邊替躺平的人蓋上昨天才剛拿出來、套上被套的薄被。

看又夏閉上雙眼，陳晞躡手躡腳地準備走出房間。

「妳要去哪裡？」像是盡力擠出一句話，又夏的聲音聽起來有些含糊。

因為步驟尚未完成，即便累得不行，她還是得持續發動在建築上的能力。為了能盡早讓她好好休息，陳晞必須將容器和轉換裝置連結，並送到孤兒院去。

「妳快點睡吧。」

「妳要去哪裡啦。」

撒嬌在這個家是不允許的。陳晞紅著臉，在林又夏問第三次之前，砰地一聲關上了門。門板的另一側似乎有一陣嘈雜，應該是林又夏在抗議，但很快便平息了。

朝樓下走去的陳晞，抬起手貼上滾燙的臉頰，手心傳來的冰涼讓她稍微冷靜了些。先不說距離感的問題，不，或是這全部都該歸咎於林又夏那詭異的距離感？

走進研究室，機械手臂將小方盒放上桌，陳晞摸了摸它，開口道：「謝啦。」它便一顫一顫地退出了房間。

雖然沒有養寵物，但這大抵也是主人的感覺吧。她也想過幾次要不要養貓，可是母親認為要是讓自己照顧真正的小動物，絕對不會有好下場。

陳晞沒有反駁，因為她也那麼覺得，果然這種能夠用扳手、螺絲起子應付的無機物最好，不小心弄壞了還能修到完好如初。

這也是她會那麼擔心林又夏的原因——不是把她當小動物看待，而是，畢竟人是修不好的。如果出了什麼差錯，總覺得林又夏就會直接消失。

與其說不想承擔風險，不如說她一點都不想面對有危險的可能性。

和借助自然力量的魔法使不同，機械使做的多半都是幫助人類生活得更便利的工作，然而，陳晞並不覺得自己和人類有多麼友好，即使她自己也是人。或許跟林又夏多相處一點，就可以找到究竟在這十幾年的人生，她不小心弄丟了什麼。

將容器和轉換裝置成功連結後，陳晞身旁的紅光蓋過了藍色的光點，一陣震動後，兩個被組合在一起的方盒趨於平靜，它們微微發熱，但還不到燙手的地步。

方才打開容器的時候，明明就做好心理準備了，卻還是被大量的魔力嚇了一跳。陳晞打從心底慶幸此時只有獨自一人，否則會很丟臉。

接下來，只要等林又夏醒來，把裝置設定好，放到孤兒院後，她便能不透過消耗自身魔力，持續在建築上發動能力。至少理想是如此，若能順利就好了。

陳晞輕手輕腳地走進客房，不出所料，床上的人已經陷入熟睡。藍色光點浮在床鋪四周，就像是在守護她，同時還照亮了她的臉。

陳晞把裝置放到床頭櫃上，然後要機械手臂遞來一杯水，也放在一旁。她抬起手將又夏遮到眼睛的瀏海撥開後，便沒敢再多看一眼那張臉。就算不承認，但她清楚自己已經變得奇怪了，要是再看下去，好像會變得更糟。

「希望妳能做個好夢。」陳晞在離開房間前輕聲地說。

普通的生活，不存在於充滿了魔法的世界。所謂正常，在這群擁有特殊能力的人心中，是根本就不屬於任何時空的事物。就算花力氣去探尋，也永遠無法找到。

許浩瑜清楚這一點，所以，她並不奢求自己有所謂平凡的生活。在某種程度上，她算是被賣給機構了，而父親獲得的，就是那滿地的酒瓶。

她踩碎了其中一個深綠色的玻璃瓶，鮮血浸染木製地板，她卻不覺得疼痛。在破裂的巨響中，癱軟在地上的父親仍呼呼大睡。浩瑜撿起一塊碎片，望著那張蠟黃的臉，最後什麼也沒做，只是把碎片扔到他身上。

這個時空稍微有點不同，相同的是父親在母親離去之後就一蹶不振，接著把所有罪過都推到浩瑜身上。能看見未來的能力大抵是遺傳自母親，她的父親只是普通的魔法使，特長是「水」，因為魔力量太過普通，所以也普通地進了公家機關上班。明明可以過上普通的生活，最後卻落得這樣的下場，依靠政府補助過活，住在搖搖欲墜的頂樓加蓋鐵皮屋裡。

無論到哪個時空，這好像都是無法躲避的宿命。所以許浩瑜相信陳晞永遠不會喜歡上自己，因為那是命運。和自己悲慘的人生一樣，都是必然。

陳晞曾對浩瑜的父親起過殺心，當下她就在一旁，清楚地感受到了殺意。作為處刑人，當時的陳晞已經讓不少人斷氣，多一個應該也無妨。

可是陳晞不會那麼做。能看見未來的許浩瑜，知道自己的父親什麼時候會死。總有一天會死的，但不是那時候，也不是藉由陳晞的手。

浩瑜進了浴室，用力甩上門後，才覺得掌心有些疼痛，低頭一看，鮮血已經滴到牛仔褲上了。藍色的光點浮現，她皺著眉頭，看著傷口癒合。

她是優秀的魔法使，但不是什麼好人。

並非不需要陳晞動手，而是希望動手的人不是陳晞就好。

不僅不是好人，還是個非常糟糕的人。

所以，秋天的喜歡是不會有結果的。不如說，這份情感最後只會導致不幸。浩瑜可見的未來有限，而在這有限的未來裡，每一種可能性的盡頭，都是秋天身旁的那隻老虎咬碎父親的頭。

浩瑜不希望秋天變成那副模樣。但在那之前，也絕對會阻止陳晞動手，雖然這個時空的陳晞大概也不會那麼做。

她久違地哭了，因為在宿舍哭的話會被別人發現，所以她一直忍著。窩在浴室很冷，但是浩瑜不太介意。林又夏向前走了，而陳晞早就在那裡等著。發覺只剩自己一個人還在原地的感覺很不好受，但不論是身上的制約，還是原生家庭，都像會磨破腳踝的鐵鍊般束縛著她。

就算跨越時空也不能解決的問題多得是。

「喂？」

「學姊，搬家還順利嗎？」

電話另一頭的人聽起來很活潑，許浩瑜只能勉強地配合，她一面擦乾頭髮，一面盡力拉高音調，「還行吧，司機大叔人很好。」

對面沉默了一會，「妳怎麼了？」

「嗯？」

「我剛叫妳學姊喔。」

「妳愛怎麼叫就怎麼叫吧。」

對方沒有迅速地接話，再次安靜一陣。浩瑜摀住手機的收音處，偷偷擤了鼻涕。

「浩瑜，妳在家嗎？」

「嗯，我不是才剛搬回來嗎？」

「那我去找妳。」

「不要。」

喇叭傳出窸窸窣窣的聲響，還有急促的腳步聲，「妳等我一下。」

「不要過來。」浩瑜放大了音量。

「大概十五分鐘吧，我——」

夏日計劃

「秋天！」

雖然對秋天一直都不太客氣，但浩瑜不曾真正兇過她。浪費力氣罵人是最沒有效益的事，而且秋天也已經不是小孩了，懂得什麼事該做、什麼事不該。

即使下定決心了，可是那並不是浩瑜樂見的結果。能拖一天是一天，至少現在，她絕對不想讓秋天見到那個男人。

秋天嘆了口氣，「那，出來散散步？」

初夏的晚風吹在身上總覺得有些黏膩，浩瑜不太喜歡。她從來就不愛夏天，不只熱，還會有很多蚊蟲，尤其是在這樣的公園裡。路燈下有成群的小蟲飛舞，坐在長椅上的浩瑜盯著它們發呆，她已經等了好一陣子。

因為知道不會發生什麼意外，所以她不打算主動聯絡秋天，私底下在外活動雖然會被機構注意，但被唸一唸就過了，不至於會發動制約。公共場合不在監聽範圍，簡而言之，現在跟秋天見面並不會有任何負面影響。

可是，要聊些什麼呢？秋天方才就有說會晚到，但她還是提前了一點出門。如果用那種情緒繼續待在家裡，就算不哭了，也會陷入自怨自艾的迴圈。那樣是最白痴的事，許浩瑜並不想當個幼稚的笨蛋。

她靠著椅背，向上抬起頭，「太慢了。」從後頭走過來的人笑得開心，拿鋁罐貼上了浩瑜的臉頰，「喂！很冰！」

秋天撫著被亂拳攻擊的手臂，在浩瑜身旁坐下。用面紙擦了一圈後，她拉開鋁罐的拉環，將奶茶遞給浩瑜，「今天好熱喔。」

「接下來只會越來越熱的樣子。」

「畢竟夏天要來了嘛。」

「有夠煩的。」浩瑜喝下一大口奶茶，冰涼的液體穿過喉頭，讓她覺得舒服了些，「幸好妳不叫作夏天。」

歪著頭的秋天似乎在思考可能性，最後說道：「我姓秋喔。」

「這也是很特殊的姓氏呢。」

「去考試的時候，妳有看到榜單嗎？好像是段考成績。」

「沒很認真看，怎麼了？」

對於榜單，浩瑜有點印象，因為很大一張，亮晃晃地貼在穿堂的公布欄上。但因為都是前輩，不認識的姓名太多了，她就沒多留心。說實話，她那天也顧不上別的事。

後來，林又夏說了不少跟陳晞相遇後的事，聽起來還挺正常，也很順利。雖然她偶爾會語帶保留，但浩瑜並不介意，畢竟林又夏很清楚自己有多麼喜歡陳晞，選擇性的分享也是出自溫柔吧。

浩瑜希望她不要恨自己。自從那天，她們已經很久沒聯繫了。也是，發生那樣的事，誰也不會有跟朋友聯絡的力氣吧，想必還得處理不少後續的瑣事。

不過，她們還是朋友嗎？想到這裡，浩瑜不禁又開始感到痛苦。

「上一屆的校排第一是複姓『花村』呢。」

「欸？外國人？」

「能拿那麼好的成績，感覺不是啊。」

「妳不要隨便歧視外國人。」

這並不是漫無目的的聊天。好歹也做了那麼多年的處刑人，所作所為都會經過思考。浩瑜感覺得出來秋天只是在觀察，她也沒打算隱藏，會被看穿的話，早就被看穿了。

「妳見到陳晞了吧？」

「啊？」秋天明顯愣了一下，「嗯，她在打工。」

「林又夏呢？」握緊鋁罐的時候，明明用基礎魔法處理過的傷口早就癒合了，浩瑜還是覺得掌心有些刺痛。

眨著眼的秋天再次歪歪頭，似乎在回憶，「在旁邊晃來晃去的。」

「她看起來還好吧？」

「妳是說陳晞，還是又夏？」

升上小學以後，浩瑜便沒再和陳晞見過面，頂多只會在新聞上看到她，大概陳晞也已經忘記有這麼一個幼稚園同學的存在了。不過她們再次成為朋友是必然，所以浩瑜不急，而且，她也還需要一點時間整理心情。

要是林又夏真的生氣了，她們肯定連朋友都當不成吧。她並不想面對，至少在暑假結束之前，應該還可以再躲一陣子。

家庭是那副德性，又失去了友誼，實在有夠糟糕的。但是她不會說出口，畢竟身邊這傢伙的狀況也好不到哪去。

見浩瑜面有難色，秋天接著說：「又夏很好喔，看起來沒什麼變。」

「那就好。」

「陳晞的話——」

浩瑜伸出手掌制止，「不要說。」

秋天睜大了雙眼，看來很詫異，但仍乖乖地打消說下去的念頭。

「妳是貓派對吧？」

「嗯？」突如其來的問題讓浩瑜有些疑惑，「是比較喜歡貓沒錯。」

魔力的氣味變得明顯，藍色的光點圍繞在秋天身旁，接著，她腿上便多了一隻白色的貓咪，貓咪伸了個懶腰，然後跳到浩瑜腿上。

淡藍色的輪廓讓貓咪看起來有些模糊，但伸手去摸，卻又是真實存在。柔順的白毛讓浩瑜不敢太用力，她一下、一下順著貓咪的背撫摸。

「可愛吧？」

「眼睛很漂亮呢。」

貓咪眨著閃閃發光的藍眼，繞了個圈，找到好角度趴下。浩瑜努力地控制表情，但停不下來的手出賣了她。

「聽說貓咪有助於人類放鬆心情喔。」

張開了嘴巴，然後又閉上。浩瑜不知道該說什麼才好，最後只從唇間輕輕吐出了：「謝謝。」

「還有這個。」

看著秋天手上的鮮花，她不禁笑出來，「哪來的啦？」

紅色的花瓣上還留有水珠，看來應該很新鮮，絕對是剛剛才去花店買的，這就是晚到的原因吧。在秋天熱切的視線之下，浩瑜停下撫摸貓咪的手，接過花。

「這樣有加分嗎？」

「跟遲到的扣分剛好抵消了。」

「怎麼這樣！」裝著委屈的語氣，但秋天的表情倒是笑得燦爛。

「花很麻煩呢。」

「要是妳真的那麼覺得，就不會收下了吧？」

「不要講出來啊。」

被看穿了，但也無妨。畢竟大概從很久以前，秋天就什麼都知道了。明明知曉一切，卻選擇最笨的道路，或許從某方面來看，她也是個笨蛋。

不過，最笨的果然還是自己了。許浩瑜這麼覺得。

「那要跟我結婚嗎？」

對，不僅笨，還是會因為秋天而感動的世界大笨蛋。浩瑜翻了個白眼，把那朵玫瑰塞回對方手裡，「我要回家了。」

秋天看起來也不感到受傷，反而笑得開心，「我送妳回家吧。」

「我自己會走。」

最後，浩瑜還是讓秋天跟來了。一路上，她們聊著不著邊際的話題，談了拖住林又夏的事，還有她的擔憂。不知道為什麼，浩瑜就是無法阻止自己一股腦地說出口。

「我覺得又夏不會生氣喔，畢竟妳也是想保護她啊。」

「不一定吧……」

「她要是生氣的話，一定會想立刻說清楚的，但到今天她都還沒打電話來罵人，不是嗎？」秋天晃晃手機，「至少我是沒有看到任何來電啦。」

「我還寧願她罵我一頓呢。」

「人家忙著談戀愛，沒空啦。」

那朵花，在浩瑜上樓之前，又回到她手中。她推開鏽蝕的鐵門，轉過頭的時候，秋天看起來欲言又止。

夏日計劃

總覺得對方又要講什麼讓自己無法好好回應的話，浩瑜有些慌張，所以搶先開口：「妳趕快回家啦。」

「那個。」

「嗯、嗯？」

「真的不考慮嗎？」樓梯間的日光燈已經十分老舊，微微閃爍的白光打在秋天臉上，讓她的臉色蒼白得難看。

「考慮什麼？」

「交往，之類的。」

比起平常那樣像在半開玩笑的告白，此時秋天唯唯諾諾的態度更讓浩瑜感到緊張。如果是過去，她大概會罵出類似「神經病嗎？」或「妳有病啊？」的句子，可是秋天現在的表情，令浩瑜什麼都說不出口。

她只能有些僵硬地躲開視線，「我們討論過很多次了吧。」

不會、不行、不能。每次的結論都是一樣的，就算不用能力也知道，交往的話，秋天就連一刻都無法感到幸福，這並非浩瑜所期望的。

「妳說過的吧，未來是會改變的。」

「秋天，並不是每個人都有可能性。」浩瑜垂下眼簾，「我就沒有。」

或許是因為能看見未來而被上天懲罰，這就是她所需要背負的罪孽，是一種原罪。

無法抵抗，也不能逃跑，光是去思考，好像就會帶來不幸。

「不試試看怎麼知道？妳之前不也覺得又夏想起來之後，不會想繼續跟妳當朋友嗎？」

秋天在生氣嗎？不，那副表情不是憤怒會有的。雖然語氣衝了一點，但很明顯是覺得難過，才會控制不了情緒。浩瑜也想抱抱她，跟她說一切沒事。

可是她做不到。如果那麼做了，會一發不可收拾的。

「秋天，我喜歡陳晞喔。」

「不，妳喜歡我。」

「……不要自欺欺人。」

「妳才不要自欺欺人。」秋天放大了音量，「妳只是在騙自己還喜歡她而已。」

因為那樣才不會後悔。後悔跨過幾個時空，後悔重複經歷讓人痛苦的所有過往。浩瑜握緊拳頭，不需要別人提醒，她也很清楚自己都在做些什麼。

在做什麼、做了什麼，都不重要，結局才是最重要的，而在發動能力時浮現於腦海的每個畫面便是結局。

手上的那朵花突然變得很重，浩瑜花了點力氣，才得以好好抓緊，細緻的包裝因此發出被擠壓的聲響。

「我不希望妳死掉。」

浩瑜穿著的白色襯衫很薄，冷汗浸濕了上衣，背後感覺得到汗滴沿著脊椎滑落。秋天注意到了這點，一個箭步向前，將她抱進懷裡。

「不要說了。」

二十四小時，六十分鐘，六十秒，無數個影格。小時候只能看得見某一天的第一小時，此時十五歲的浩瑜能看見某一小時的第一分鐘。在活到三十歲的那個時空，她能看到某一分鐘的第一秒，偶爾狀態好，還可以看到某一秒的第一個影格。

在一百個可能性裡面，有九成以上的自己會和秋天交往，但結局都是一樣的畫面，任意下殺手的處刑人，最後被處刑是逃不了的命運。只要不跟她扯上關係，在僱傭期滿了以後，秋天就能安全地離開機構，過上正常的生活。

那是許浩瑜所期望的。

「可能吧，我可能真的有喜歡妳。」浩瑜更用力地捏緊手上的花，「可是不行，不可以。」

「我不會死的。」

騙人。浩瑜向後退了一步，離開過於溫暖的懷抱。

在那九成以上的可能性中，有好幾個畫面，都是秋天說著「我還不想死。」

不過，似乎也不衝突。不想死跟不會死，是可以同時存在的。不要賭就好了，明明那麼害怕，選擇舒適的道路不好嗎？

「但是——」

「眼見不一定能為憑。妳都認識又夏跟陳晞那麼久了，還不懂嗎？」

是啊。時間的掌控人和秩序的守護者，怎麼想都和邏輯扯不上邊，而她們也確實一直超出浩瑜的想像。可是，秋天跟那兩人不一樣。

就算持有稍微特殊一點的能力，但她並不如同她們那般，有辦法一再地死裡逃生。上一個時空，浩瑜沒空分神顧及除了陳晞以外的人，但她清楚，若不是運氣好，「世界樹」恰好願意出手，秋天早就死在那裡了。

秋天和自己沒有差別，都是被殺了就會死。

「妳跟她們不一樣。」浩瑜試圖冷靜地說道。

人跟神是不同的。即便這個時空的陳晞看來已經不再是神之子，殘存的記憶碎片仍會留有部分的魔力，若不按照命運的走向，沒有人能殺死她。林又夏大概也差不多，前個時空試過了，只要她還握有「時間」，便能重新來過。

「為什麼不能相信我呢？」低下頭的秋天抓住了浩瑜的手腕，「妳信任又夏，也相信陳晞不會變，那相信我一下，不行嗎？」

「我說過了，跟我在一起妳不會幸福的。」

「我會。只要妳待在我身邊，我就已經很幸福了。」

「那現在這樣不好嗎？」

「嗯……」似乎是邏輯被破壞，秋天愣了一下，「這不一樣啊。」

「哪裡不一樣？」

「交往的話可以做很多事。」

想起上次在頂樓，自己被強吻的畫面，浩瑜不禁又向後退了一步，秋天拉著她的手抓得很緊，兩人像是在拔河般。

遲了點才察覺到對方的慌張，秋天鬆開手，露出抱歉的神色，「雖然上次也做過就是。」

羞恥的情感湧上，甚至讓浩瑜有些忘記方才氣氛有多糟，「妳還好意思說？」

「交往的話，就可以每天都那麼做了。」眨著眼的秋天就像做錯事的大狗，「拜託嘛。」

「我不允許的話就不行了吧？」

「欸？妳不允許嗎？」

「不對，我們沒有要交往啊！」

浩瑜嘆了口氣，雖然時常得跟這傢伙認真談論事情，但每次的結局都會朝著不正經的方向發展。這或許也是好事，因為在和秋天對話時，是她情緒最輕鬆的時刻。

「咦？沒有嗎？」

秋天得逞的笑容令浩瑜有些惱怒，「我要回家了！」她說完便轉身想上樓，卻發現自己的衣角被拉住，對方的力氣很大，害得她完全動彈不得。

「跟我走吧。」

「我們不是才剛出去？」

「跟我一起私奔吧。」

「我沒有要跟妳結婚啊？」

「但妳會跟我交往。」

「並不會！」

把秋天打發走，花了很多時間。爬上樓梯時，浩瑜覺得自己很久沒那麼累了。上一次感到如此筋疲力盡，應該就是「諸神黃昏」的時候。

她嘗試看了未來，這個時空相對和平。雖然機構的「方舟計劃」仍不斷在進行，也因此需要秋天的協助，但在可預見的範圍內，並不會發生任何讓世界毀滅的災難。如果預視沒出錯的話。

也正因如此，在這個時空落腳，對秋天而言是最好的選擇。其中一條道路，便是等到「方舟計劃」落幕，到了那時，她的僱傭期也應該差不多結束，秋天就可以過上屬於自己的自由人生。

畢竟，她已經沒有名為家人的枷鎖了。

推開鐵門，男人已經醒了。地板上的血跡凝固後成了黑紅色，還是有些觸目驚心。

「出去哪裡鬼混了？」因為過度吸菸和飲酒導致的沙啞嗓音稍嫌刺耳，浩瑜沒有看他，只是自顧自地換穿拖鞋。

男人把手上的酒瓶摔到地板，玻璃碎裂的聲響震痛了浩瑜的耳膜，她不禁皺起眉，

「喂，妳去哪鬼混了？我在問妳話！」

浩瑜直起身子，用力地回望他，像是在看仇人那般。

「下地獄之前，總要先見過閻羅王吧。」

家裡多了一個人，不過毫無違和。不用陳晞提醒，又夏就知道每個物品的位置，偶爾會讓她有些懷疑自己原生成員的身分。

白天她們會各自去打工，一起出門，到了十字路口再分頭走。如果又夏早一點下班，就會到冰店等她。在第一天時便已準備了一份鑰匙給她，不過又夏對於等下班這件事看起來樂此不疲，陳晞也只好接受，幾天過去，她習慣了六點整朝窗外看，和笑得開心的又夏打招呼。

不過，倒是有一件不習慣的事。

房間的燈已經被關上，黑暗的空間裡，僅留角落的藍色夜燈提供光源。陳晞看不太清又夏的臉龐，只隱約能認得出輪廓。

「那個——」

「嗯？」

「這樣是不是有點太近了？」

前幾天還只是抱著被子來打地鋪，現在直接上床了。陳晞初次感受到躺在床上也能是件很累的事，因為得想盡辦法不碰到對方的身體。

「欸？會嗎？」又夏說著，下巴靠上了陳晞的肩膀。

「會。」絕對會。

雖然不像父母房間是特別加大的尺寸，但好歹也是雙人床，不至於需要靠得那麼近。

距離感啊。在小說裡面讀過，女孩子間的距離就是這麼莫名其妙，可是陳晞從沒想過會發生在自己身上。畢竟自己大概不是女生會想親近的類型，不好相處，又長相刻薄。

不過，又夏就不同了，長得漂亮是一回事，整個人的氛圍也跟自己相差甚遠。陳晞不禁覺得上天果然很不公平，若又夏很沒氣質的話，就不會令她感到如此煩躁。

本來還以為那股急躁感是出自於想要了解她，可是陳晞很快就發覺，事情似乎不是想像的那樣。或者該說，不只是那樣。

在長時間的相處過程中，陳晞漸漸對林又夏的行動有所理解了。雖然看起來老謀深算，但多半時候，她什麼都沒在想。比起計劃過才做事，她更接近出於直覺行動。

譬如，明明天氣很好，又夏還是會說：「感覺會下雨欸！」就把雨傘塞到陳晞手中。看那表情，不像是預先知道氣象狀況，反而真的更偏向她口中說的「感覺」。

晚上兩人一起撐傘回家時，她會歡快地說：「妳看吧！我直覺超準的！」然後露出驕傲的表情。

可愛——不對，重點不是這個。

大概，她現在的行為也不是出於心機，只是真的想要一起睡而已，雖然習慣黑暗後，看著那雙閃著光的眼睛，會覺得她肯定是有什麼如意算盤。

「兩個人一起的話，比較有安全感啊。」又夏往被子裡縮了縮，「睡覺也是。」

「我們家的保全設施應該是全國數一數二的喔。」

「哦？這是在炫富嗎？」

「我只是在陳述事實。」

不知道是因為說話的語氣，還是天生嗓音過於溫柔的緣故，無論再怎麼開玩笑，又夏總是讓人討厭不起來。偶爾會感到難以應付，但從來沒有一刻覺得厭煩。

作弊一般的存在。如果這樣的女孩子是普通的魔法使，那還好，但偏偏不是。現在躺在自己身旁的，是能操控時間的人。只要想到這點，陳晞就覺得沒有實感。

可是事實便是如此，那天一起去安裝裝置時，她又再次體會到了時間暫停的感覺。世界變得安靜，彷彿只剩下她們二人。不曉得是不是因為魔力幾乎用之不竭，又夏總是一派輕鬆，害得陳晞也得裝作沒事。

「吶，陳晞。」

「嗯？」

只要思考別的事，就不會注意到她離得太近。本來打算就這麼一直想些無關緊要的事，直到腦袋關機睡著為止，但為了禮貌，陳晞逼自己睜開眼睛。

「所以妳喜歡上我了嗎？」

「欸？」

「果然妳只是想讓我留下來而已吧。」

又夏嘟起嘴唇，如果是男性，大概這時候就會忍不住了。不對，若不是女性，也不會有躺在一起的機會。對於自己糟糕的想法，陳晞覺得很羞愧。但是，她總有「幸好自己是女生」的感覺。

本來以為林又夏不會介意那聽起來就很不妥的發言，畢竟她沒做出什麼反應。現在看起來，她在意得不得了，否則也不會露出這種表情。

距離太近了，床太小了。陳晞想避開對方的視線，卻發現自己無處可躲。

她只好閉起眼睛，「不是啊。」

「這也是在騙我吧？」

「我看起來很愛說謊嗎？」

「妳覺得自己很誠實嗎？」

「至少到目前為止我都沒有騙過妳。」

陳晞清楚自己優點不多，或許這也是造成她沒有朋友的原因之一。但是她並沒有什麼好隱瞞的，日常生活中也鮮少需要撒謊——除了跟母親說有好好吃飯以外。

不過，她現在確實都有好好吃飯了。每天的午餐都在冰店解決，早餐和晚餐都是又夏準備的，陳晞有時候也會說要幫忙，但在屢次把鹽拿成糖之後，又夏便婉轉地禁止她進入廚房。

「妳說『可能』會喜歡上我，所以也可能不會，對吧？」

感覺自己就像犯錯的孩子一樣，被仔細地責問了。陳晞不敢睜開眼睛，擔心若看見又夏的表情，會沒來由地覺得抱歉。不過，這傢伙真的在意得太過頭了吧，連用詞都記得很仔細。

看來惹又夏生氣不會有好下場，雖然她的聲音一點都不可怕。

「樂、樂觀一點嘛。」

又夏嘆了口氣，「如果妳剛剛改口說是普通的喜歡還比較好。」

「欸、欸？」

她沒想過這個問題。雖然話是自己說的，但陳晞沒有深究過。經過林又夏這麼一說，她才驚覺問題有多麼嚴重。

「戀愛的喜歡，跟朋友的喜歡是不同的喔。」

像是在教小孩一樣，又夏慢慢地說。平常聰明的腦袋怎麼樣也轉不動，陳晞只是愣愣地聽著，然後發出「嗯」的聲音作為回應。

「妳沒有聽懂吧。」

「抱歉。」

又夏的睡衣和棉被發出了磨擦聲，陳晞都還沒反應過來，手就被對方拉住。雞皮疙瘩無法阻擋地蔓延，她忍不住倒抽了一口氣。

先是指尖相接，接著滑過掌心，然後是十指交扣。又夏的手很小、很細緻，陳晞甚至都擔心自己有些薄繭的手會弄疼她，不過，她現在更怕加重的呼吸會被發現。

「這樣，妳有什麼感覺？」

「麻麻的……」

又夏噗哧地笑出來，「欸？居然嗎？」

流手汗的話一定會被發現，但這也無法控制，在被窩裡頭，兩個人的體溫相加，即使空調運作中，還是稍嫌燥熱。對方沒有要鬆開手的跡象，陳晞一動也不敢動，生怕自己會做出讓人討厭的行動。

「妳是在測試什麼嗎？」

總覺得無意間變成什麼實驗品了，這麼想就輕鬆許多，陳晞此生做過的實驗不少，只要想像自己是某種化學物質，便會感覺身處在實驗室。心情因此平靜下來，陳晞這才發現剛剛在慌張中，她已經睜眼看著又夏的臉了。

「既然妳不知道是怎麼樣的喜歡，那就直接試試看？」又夏眨著眼，收緊了手指。

「試試看？」

「對啊，朋友是不會這樣躺在一起還牽手的吧。」

「是這樣嗎？」

「不然，妳還想做更多的嗎？」

「欸、欸？」突然放大的臉讓陳晞驚慌地向後退，「更、更多？」

笑得很開心的又夏，整個身體都在晃動，「妳這反應，看來是很懂嘛。」

就算沒有經歷過，在小說中也讀過，許多經典的文學作品都有相關的描述，陳晞雖然天生聰明，但這部分她總是似懂非懂。因為害羞，更不可能去問父母，也幸好沒有問。

她打從心底慶幸此時光源不足，林又夏看不見她紅透的臉頰，否則大概會被狠狠地嘲笑一番。

「妳做過嗎？」

「欸？」

「就，那種事。」

林又夏的話，很有可能吧。長得漂亮，身材也不錯，性格又討喜，有過幾個交往對象也不意外。在陳晞印象中，國中時就有不少男孩子有外校的女朋友了，若其中一個是林又夏，好像也很正常。

沒想到，慌張的角色變成又夏。

「才沒有呢！」她大聲地反駁，從顫抖的語尾聽得出失措。

「這樣啊。」

稍微放心了一點——不對，幹嘛在意這個？那些跟自己都沒什麼關係，只是剛認識沒多久的朋友，如果多做評論，又夏肯定會覺得多管閒事。

「但是其他事倒是有過。」

「其他事？」

「嗯。」又夏拉開被子，把兩人的手從裡頭拿出來，「像這種。」她在陳晞的手背上親了一下。她把相握的手放到胸前，接著整個人向上移動，然後用另一隻手撥開陳晞的瀏海，「還有這種。」

林又夏專屬的氣味覆蓋了一切感官。親吻額頭大概是件很浪漫的事，但一連串的動作害得陳晞反應不過來，何況，她也不覺得自己適合與林又夏有什麼「浪漫」的互動。她張開了嘴，又閉上，不曉得該說些什麼。現在開口的話，只會發出「呃呃呃」這般沒有意義的噪音。

又夏笑著說道：「妳太可愛了吧。」

不，可愛的是妳。陳晞沒能說出口，而又夏也索性沉默。她們的目光進行了一場追逐戰，在陳晞落敗的那一刻，她慌忙地說：「我該睡了。」

然後便將身體朝牆壁的方向縮了縮，拉開兩人的距離。不過即便如此也沒什麼用，因為手還牽著。

「嗯，晚安。」

「晚安。」

失眠的夜晚過得特別慢。不敢睜開眼睛的陳晞無從判斷對方是不是和自己一樣輾轉難眠，即便如此，她還是希望又夏能做個好夢。

她在天亮前沒多久才終於因為過度疲倦而睡去，被躁動吵醒時，覺得整顆頭都昏昏沉沉。總要這樣才會開始厭惡不好好睡覺的自己，幸好遇上冰店公休，否則肯定會一邊接待客人，一邊打瞌睡。

陳晞睜開沉重的雙眼，和窩回被子裡的又夏對上視線。後者明顯愣了一下，但很快便展露笑容：「早啊，陳晞。」

「早安。」發覺自己的聲音顯得沙啞，陳晞有些不好意思。

又夏說話的吐息有淡淡的薄荷味，大概是洗漱完才決定睡回籠覺。不過看那雙清亮的眼睛，怎麼都不像還在貪睡。

「今天也要上班嗎？」

「冰店公休。」

「這樣啊，那我只好自己出門了。」

不至於那麼惋惜吧，但看又夏的神情，幾乎能切身感受到她的失望。

「妳在家裡乖乖等我喔，我回來再弄晚餐給妳吃。」像是在叮嚀孩子一般，又夏一邊真摯地說著，一邊拉起陳晞的手，勾起小拇指，「約好了！」

「不用勉強也可以啦……」

「不行。我不在的話，妳就不會好好吃飯吧？就當作是在報答妳好了。」

不知道為什麼，聽到「報答」這個詞，陳晞覺得不太舒服，即便自己確實是出手幫助了她。

或許是因為林又夏總說她們是朋友，此時卻又把關係拉得很遠，讓人覺得她口中的朋友定義似乎和自己的並不相同。陳晞可以打從心底保證，她選擇收留林又夏，是不計回報的行為。

「不要。」

「欸？」

「我不需要妳的報答，」陳晞頓了一下，「畢竟我什麼都有了。」

又夏本來牽著陳晞晃得開心的手停了下來，她眨眨眼，然後垂下眼簾，「這麼說也是呢。」

清晨的陽光透過沒完全拉起的窗簾灑進房間，在陳晞眼裡，是再日常不過的景象，但睡醒後身旁還有另一個人，對她來說還挺新鮮。

林又夏的臉逆著光，讓人看不太清，不禁覺得有些可惜，好看的事物就該多看才是。但若她的表情不是期望中的那樣，大概會感到愧疚吧。陳晞思考了一下便坐起身。

她盤腿坐正，而對方還是躺在原處。絕對是感到洩氣了吧，就算半句話都沒說，可陳晞還是感受得到來自又夏的低氣壓。

深吸一口氣後，陳晞說道：「我很期待跟妳一起吃晚餐。」

「呃，欸？」

「不過並不是因為希望妳報答我，不如說，如果妳說是『報答』，我反而會覺得受傷。」

考慮了一下，陳晞還是決定據實以告。如果壓在心底，感覺會變成疙瘩，她不想要和林又夏之間多一道隔閡。

而且，讓自己覺得不舒服，不是陳家的作風。父親雖然話少，但對不合理的工作總會主動提出意見，母親更是經常會為研究員的福利發聲。

即便家庭對孩子的影響因人而異，不過陳晞認為自己在這方面可能還挺像父母。

和想像中的反應不甚相同，林又夏只是輕笑了兩聲，「是嗎？」

「嗯。」

又夏朝陳晞伸出手，後者愣了一會，才反應過來，抓住了要比自己纖細許多的手腕，「嘿咻。」應該是想借力，但她意外輕盈地坐起身，過程中陳晞幾乎沒感覺到重量。

因為拉近的距離，陳晞得以看清又夏的表情。彎著眼笑的模樣比起自己想像的更加柔和，向前傾身時，能隱約聞到她的氣息。和微弱的魔力氣味摻在一起的，是她們一起用的沐浴乳香氣。

「我也很期待。」

20

把握休假，陳晞選擇到外頭走走。距離家裡大約半小時的路程，有一座偌大的公園，恰好是週三，她打算去逛市集。平時她對這類文藝場域沒什麼興趣，但偶爾逛一下感覺還不錯，順便能散散步。

天氣很好，太陽十分耀眼，她得瞇著眼才看得清公園的全貌。綠地旁停著一台白色咖啡車，前面放有一塊小黑板，用粉筆寫著品項名稱。

餐車裡有個染著金髮的女孩忙碌地準備餐點，而四周有幾對正在等候的情侶。陳晞站在餐車的不遠處，研究著黑板上不知所云的名稱。

「不存在的咖啡」、「與其喜歡我，不如喜歡咖啡吧？」和「不喝咖啡就出不去的房間」以及「咖與啡」等等。這不是什麼也看不出來嗎？

陳晞皺著眉，然後和咖啡車裡頭的女孩對上視線，她有些慌張，但若撇開臉會顯得很沒禮貌。

停下擦拭檯面的動作，女孩眨眨眼，朝她招了招手，陳晞只好硬著頭皮走過去。

「哈囉。」店員輕快地說著，「要喝點什麼嗎？」

「不好意思……」

「啊，我知道，很難懂對吧？」

陳晞接過對方遞給自己的菜單，沒想到居然也有正常的版本。這樣店員真的記得起來嗎？就算看到真實名稱，她也無法將兩者連上線。

「那我要普通的拿鐵。」

「好的。」

幸好對方沒有要刁難的意思，如果要她說一次黑板上的名稱，陳晞可能會當場暈倒。

「一杯『與其喜歡我，不如喜歡咖啡吧？』。」語氣平靜的店員邊說邊在機台上輸入資訊，「甜度跟冰塊呢？」

普通的拿鐵，有必要取這種名字嗎？陳晞在心裡吐槽著，但還是很有禮貌地說：「無糖、少冰，謝謝。」

「好的，要等一下唷。」

再往裡頭看，有一男一女在忙碌，不對，除了那兩人，還有一位身高像小孩的員工，大概是暑假來打工的。依照這樣繁忙的程度，咖啡肯定很好喝吧。陳晞乖乖地按照店員指示走到一旁等候，因為太過炎熱，甚至能感受到汗滴從脖子經過的觸感。

「不好意思，我要一杯『不存在的咖啡』。」

真的有人會這樣說啊。本來在東張西望的陳晞轉過頭，看見有個穿著帽T的女生踮起腳尖，吃力地和店員說話。

在對方視線掃過的瞬間，陳晞裝作沒事地看向手機。熟悉的氣息撲面而來，等她抬起頭時，那個女生已經站在她面前了。

好矮，這是第一個想法。第二個念頭則是：「我們之前見過嗎？」還沒經過腦袋，問題就脫口而出。

「嗨。」嬌小的女孩看來並不驚訝，只是晃了晃頭，「好久不見。」

「雖然很抱歉，但是——」

「幼稚園。」

恍然大悟的陳晞下意識發出一聲：「啊。」

眼前的臉龐雖然稚氣未脫，但與幼時模糊的印象稍有差異。即便如此，陳晞仍覺得很抱歉，畢竟對方看來是完全記得自己的樣子。

「抱歉。」

「許浩瑜。」彷彿知道陳晞記得什麼、忘了什麼，浩瑜簡短地回答，「幼稚園時跟妳同班。」

「好久不見了！妳也搬回來了嗎？」

浩瑜眨了眨眼，「嗯，好久不見呢。」

陳晞的腦海浮現另一個同為魔法使的女孩，因此一不小心就用了「也」這個字。

猶豫著要如何將對話進行下去時，咖啡車店員剛好喊了陳晞手上那張白色單子的號碼。她鬆了口氣，腦袋並沒有內建和久別的同學能聊什麼的話題清單。何況，許浩瑜不僅是魔法使，還是特殊能力者，這代表著她們的生活從小學到此時都存在極大的差異。

與其說不知道該聊什麼類型的話題，不如說，陳晞不太確定何種內容是安全的。由於父母時不時會提及，因此「機構」在她心目中，並不像一般學生眼中那樣神秘。作為政府的直屬機關，機構做的事很簡單，將有「特殊能力」的孩子挑選出來，並驅使他們替政府做事。

等於從小就當上公務員了，所以據說有不少父母都會主動將孩子送去審核，若能力符合機構的特殊標準，他們便能定期拿到金額不低的補貼。

至於詳細是做些什麼，陳晞就不清楚了。她只知道特殊能力者若違反機構的保密規定，將會受到嚴重的懲罰。正是因為如此，要問許浩瑜問題很不容易，就算真的問出口，也不一定能獲得答案。

尷尬的場面並不是陳晞樂見的，說實話，她此時已經夠尷尬了。

本來可以趁著許浩瑜領取咖啡時逃跑，可是陳晞沒有選擇那麼做，她停留在樹蔭下等對方往自己走來，彷彿她們是約好的。

畫有簡潔圖示的白色杯子、牛皮紙色的杯套，整體雖普通，但典雅，陳晞還挺喜歡如此樸素的設計。代替招呼，她拿起咖啡杯，朝浩瑜晃了晃。

她們找了張石椅坐，當然，是照不到陽光的位置。

「妳常來嗎？」

「妳是說咖啡車還是市集？」

「嗯……」陳晞思考了會，「兩者都是。」

「這間咖啡喝過兩三次吧。市集的話，我從來沒走進去過。」

像這樣閒聊，感覺還不錯。陳晞有些意外，雖然自己方才覺得尷尬，此時卻十分自在，興許是因為對方沒有太多的情緒反應，只是很平常地說話的關係。就像是相識已久，可明明已經十年左右沒見過了，明明理應要像是初次見面。

「那妳喝的是？」

「『不存在的咖啡』。」

「呃，」陳晞有些猶豫，「實際上是什麼？」

「我不知道耶，可能是西西里咖啡之類的？」似乎也覺得荒謬，浩瑜笑了出來，「我沒深究過。」

看來和自己一樣，是會喝咖啡，但不太研究的類型。不過既然和又夏一樣，是暑假才回到這個街區，便已經來喝過兩、三次，代表喜歡這間店的咖啡吧，就算並非如此，也大概不討厭咖啡。

天氣很好，坐在公園裡乘涼，感覺就像上了年紀的阿姨。

「妳是來散步的嗎？」

這麼問，更像是鄰居阿姨了。希望不會造成浩瑜的反感，幸好對方的反應依舊平淡，「不算是吧。」浩瑜偏過頭，「妳呢？」

「天氣太好了，想說來走走。」

「好像阿姨喔。」她笑著說道，陳晞本來想反駁，但很快便作罷，畢竟自己剛剛確實就是那麼想的。

「開學後就沒這種時間了。」

「是啊。不過，普通高中生也不會有除了讀書以外的事吧？」

沒錯。擁有學生身分，說不定是人生中最幸福的一段時光。雖然自己尚在此階段，但陳晞充分明白，脫離學生時期以後，犯錯就不會有人原諒了。

不過，自己想得太少了。眼前看起來平凡的女孩，是特殊能力者，自幼便在機構工作。或許他們從未被視為「學生」，在犯了錯應該要被原諒的年紀，早已是貢獻力量的勞動階級。

不應該同情。陳晞卻不禁想伸出手。

「除了讀書以外，我想做的事倒是蠻多的。」

浩瑜看來有些驚訝，「譬如？」

「我想做出一些改變。」斟酌著用詞，陳晞握緊了咖啡杯，「這個社會也好，或是現行的體制，如果能有所改變就好了。」

說這些話，適當嗎？陳晞來不及思考，文字就一個一個脫口而出。她一直到今日才發現，人與人之間的信任原來那麼輕易就能夠建立。大概是被林又夏的距離感傳染了吧，陳晞暗自慶幸自己還沒嚴重到會勾人手臂的地步。

浩瑜張開嘴，卻很快又閉上。欲言又止的樣子讓陳晞有些疑惑，但她並不想多問。

對於畫大餅的發言，其實只要略過就行了。即便她心裡確實認為自己能做到，也必須做到。

沉默了一陣後，浩瑜才說：「不錯嘛，妳就是該這樣。」

「欸？」

面對陳晞的詫異，嬌小的女孩只是搖搖頭，「我等下還有約，該走了。」

「啊，」腦袋處理訊息慢了一拍，陳晞慌忙地起身，「掰掰。」站起來之後，她才發覺並沒有必要這麼做，因為要離開的不是自己。

浩瑜注意到了這件事，露出淺淺的微笑，「學校見，陳晞。」

「到時候見。」

「收到錄取信了」、「前陣子去學校報到了」之類的話題，陳晞從頭到尾都沒提過。但浩瑜會知道，並不讓人感到意外，所以陳晞也不驚訝——畢竟是擁有「預視」的特殊能力者。能看見未來、做出預測，無論怎麼想，能力都超乎常人。而事實也是如此，否則許浩瑜也不會被機構「徵收」了。

她看起來並不快樂。雖然應對正常，也沒有受虐的痕跡，還能出來買咖啡代表基本生活沒問題，但不知道為什麼，陳晞就是覺得對方過得並不開心。

看著許浩瑜的背影，再把視線移到手上的咖啡，陳晞嘆了口氣。自己就像個不懂事的孩子一樣大放厥詞，卻沒想過有人在水深火熱的同時，像她這樣的人，還能輕鬆地享受美好的下午。

必須去做。一定得做。不做不行。陳晞仰頭一口喝掉剩餘的咖啡。

21

玻璃門被推開，忙碌一整個上午，還得繼續備料的林又夏本來有些惱怒，但看到來者後，煩躁感消去一大半。穿著帽T的女孩佇立於門口，被汗濕的瀏海在冷氣吹拂之下稍顯沉重地飄動。

「妳來晚了。」

「剛喝了杯咖啡。」

「喝得太狼狽了吧？」又夏拿出手帕遞給對方，「怎麼樣？」

「她還是跟以前一樣。」許浩瑜聽話地接過手帕，在額前按壓幾下。

「是嗎？我倒覺得給人的感覺差蠻多的。」

「那是因為妳只有兩個時空的記憶吧？」

「不用強調這種事。」

自從幫秋天整理行李那天起，她們便失去了聯絡。並不是聯繫不到對方，而是又夏

夏日計劃

實在沒有空檔，閒下來後，時機似乎就變得微妙。她無數次想過要傳訊息給許浩瑜，但無論怎麼反覆思考，都沒有適合的句子。也曾考慮過傳一張持刀兔子的表情符號，不過最後仍是作罷，太過意義不明了。

反覆思索幾週，最後，又夏在對話框留下了「下午有空嗎？」的訊息給浩瑜。浩瑜回得很快，快到讓人覺得她是不是正在等自己傳訊息。

許浩瑜是該跟陳晞見個面。和自己不同，她們認識了大半輩子，不，以許浩瑜的角度來看，應該是兩、三輩子了，總之，無論陳晞記不記得，這兩人都該敘敘舊。

畢竟許浩瑜抱著那種感情嘛。看著乖巧地走向座位區的朋友，林又夏不禁有些感嘆。若是自己的話，做不到替喜歡的人奉獻一切的傻事。大概吧，至少現在無法想像。雖然從陳晞跟許浩瑜口中聽到的「林又夏」也沒好到哪裡去。

後續的訊息，許浩瑜回應的不是又夏的問題，而是一句道歉。對此，作為當事人並不意外。

林又夏確實有些不滿，不過並非針對浩瑜個人，而是「為什麼不直接講」這點。然而，原因她很清楚，也不願意對方為自己多承擔制約帶來的苦痛，所以她並不怪浩瑜，但還是覺得很煩。

明明預見了未來，知道即將到來的危險，可是只能用彆腳的方式確保朋友的安全。又夏嘆了口氣，從鍋具裡取出鯛魚燒、將飲料封膜，放上托盤後，直直走向浩瑜的位置，「妳的原味鯛魚燒跟紅茶。」

「這是送餐特別服務嗎？」本來撐著下巴看窗外的浩瑜轉過頭，和又夏對上視線。四周十分寧靜，其他客人的談話聲、杯盤碰撞聲不再存在，彷彿踏進了所謂的虛空。

托盤放上桌的那刻，碰撞聲成為店內唯一的聲音。又夏直起腰，「嗯？」她故作自然地眨了眨眼睛。

「濫用能力不太好喔。」

「大概也只有妳們會知道了。」看對方沒有要陪自己演的意思，又夏聳聳肩，拉開浩瑜對面的椅子坐下，「說吧。」

她做出一個「請開始妳的表演」的手勢。

浩瑜低下頭，拿起鯛魚燒，「說什麼？」紙袋窸窣作響，她似乎覺得有點燙手，又放回托盤，改將吸管戳進飲料。

「解釋一下火災的事。」

「就是妳看到的那樣啊。」

「我想知道的不是事實，是妳在想什麼。」

對話。她們雖然很常進行溝通，但又夏覺得她們之間最缺乏的，仍然是對話。首先，許浩瑜的個性和上個時空的陳晞可能有點相似，但狀況略有不同，陳晞選擇走自己想走的路，而浩瑜所選的，是讓身邊的人舒服的路。

其次是，即便許浩瑜開口，她說的也不一定是真心話。大抵是生活經歷導致，浩瑜每一句話都是思量過後的結果。將所有的可能性都思考過一遍，才確認結論，雖然很可靠，卻也代表沒有討論的空間，多半時候，她都會自己做決定。

又夏不太喜歡這樣，不過事到如今也不可能改變許浩瑜的性格了。孤兒院的事，想必許浩瑜掌握了全盤狀況，才會做出事先拖住自己的決定。可是，預視到怎麼樣的地步？又夏不敢臆測。

如果只是為了人身安全，許浩瑜大可直接要她提早疏散孤兒院的孩子。如果是為了讓自己遇見陳晞，那風險也太不符合比例。

看浩瑜只是默默地喝著紅茶，本來平靜的又夏有些惱怒。她將脫下的圍裙放在桌上，「我會一直維持這樣，直到妳跟我講為止。」

「我寧願妳罵我一頓呢。」

「妳要是再不講的話，我會好好考慮。」

許浩瑜嘆了口氣，擺在腿上的手握緊拳頭。

「林又夏，會燒起來就是會燒起來。」她頓了一會，「無論是為什麼才會燒，結局的畫面都相同。」

「我知道。」

「但妳不一定會做出正確的選擇。」

「什麼意思？」

什麼是正確，在又夏心中已經沒有定論。如同她跟陳晞說的，天知道做出「選擇」之後，會不會又多出一個平行時空，會不會另一個時空，是自己不想要的結果。就算看不見、就算永遠不會經歷，仍像是有根刺卡在心底。

「現在這樣，是正確答案，林又夏。」即便穿著帽T遮住大半身子，但從領口透出的微光，又夏還是看得很清楚。她說話的時候有些咬牙切齒，這讓又夏有些慌張。再怎麼希望對方詳細說明，也不想看見朋友痛苦的模樣。可是除了出一張嘴，她什麼也做不了。

「喂，好了。」

想握住對方的手，卻被閃開。又夏收回手，眉間的皺褶很顯眼。

「『世界末日』至少在這幾年內不會發生，最嚴重的事就是孤兒院的火災了。」從額角滴下的汗水落在浩瑜腿上，她說起話來有點顫抖，但語氣很堅定，無視想出言阻止的又夏，她接著說：「我希望妳們能正常生活，林又夏，這是屬於妳的人生，不用奉獻給世界，只要過好自己的生活就好。」

「許浩——」

「我從來都不是像妳們一樣的英雄，但我會想辦法讓妳們過上平靜的日子。」

「那妳呢？」

「這是我的原罪，不管幾輩子都無法贖完的罪孽。」刺眼的光散去，又夏終於得以看清浩瑜的表情，「我不介意，而且我習慣了。」

鮮少遇見不知道該怎麼回應的狀況，又夏什麼都說不出口。她捏緊自己的衣角，就算持有「時間」，也不曉得該怎麼幫上浩瑜的忙，畢竟回到過去也不可能改變現狀。

「妳的命運是自己決定的，但我不是。」

「許浩瑜，妳不是才跟陳晞說完話嗎？」

「怎麼了？」

「她難道沒說『要改變世界』之類的話嗎？」

雖然不知道她們談了什麼，但又夏覺得，結論都會導向陳晞從上個時空便嚷嚷的「改變世界」。或許真的跟許浩瑜說的一樣，陳晞並沒有太大變化，從依舊會說這種話便能判定。

只是，上個時空的自己什麼改變都沒等到，就先走一步了，所以無從得知陳晞所說的，是否真的能夠做到。若依然持有「秩序」，那答案想當然會是肯定的，但是她現在所見的陳晞，只是個稍有才華的機械使。

即使如此，還是大言不慚地說著那種話。她不討厭這樣的陳晞，或者該說，還挺喜歡的，那張臉充滿希望的模樣是第一次見。

「沒有到『世界』的程度。但是說了想改變社會跟體制之類的話。」

「差不多啦。」又夏聳聳肩，「所以呢？妳相信她嗎？」

「這不是相信不相信的問題吧……」浩瑜無奈的表情看起來很困擾。

「我呢，就算是天方夜譚，也打算幫她。」

被許浩瑜這樣直直盯著，還真是久違了。自從大考結束過後，似乎有許久未能和她好好對話，那顆聰明的腦袋總是不知道在思考些什麼，雖然好奇，可林又夏覺得自己有很大機率不會理解，所以索性不問。

她們默默地對視好一陣子，時間單位對此時的狀況並不管用，但體感時間久到連又夏都差點覺得尷尬，而浩瑜只是偶爾眨眨眼。

好像在玩誰先眨眼的遊戲，又夏知道自己輸了也沒關係，只是對方願意說出真心話的機率就會降低，那並非她所樂見。

「林又夏。」

「嗯？」

「就算說要幫忙，妳有計劃嗎？」

「欸？」

「妳有想過短、中、長期目標嗎？」浩瑜一面說，一面比出三根手指。

和漫畫裡看到的厭世上班族如出一轍，總覺得等下她就會說出「現在是加班時間」一類的台詞。

不過又夏必須承認，自己確實沒想過這些問題，所以現在的抗拒感，大概來自於心虛。

備考時期便感受過許浩瑜的嚴厲了，尤其她還是曾問過自己，願不願意為陳晞付出一切的那種沉重的女人。又夏有些後悔選擇浩瑜作為夥伴，但如果不是她，就沒有別的人選了。

不會把陳晞的願景當作痴人說夢的人，或許這世界上就只有她們兩個了吧。

又夏移開視線，「沒有。」只是兩個音節，可她越說越小聲。

靠上椅背的浩瑜雙手抱胸，嘆了口氣後說道：「妳這傢伙老是這樣。」

「總會有辦法的嘛。」

如果失敗了，就再重來，輕而易舉便能擁有一次以上的機會，她知道這是壞習慣，但不覺得應該要改正。不如說，又夏有自信能幫上陳晞的忙，正是因為自己所持有的能力。

浩瑜露出看笨蛋的表情，似乎花了點力氣才忍住沒翻白眼。她再次嘆氣，「如果是陳晞想要的，那我當然會幫忙。」

「真的嗎？」連本人都沒注意到語調的提高，又夏同時坐直了身子，「妳真的會幫忙？」

對於許浩瑜的回應，又夏原本就有心理準備，再怎麼說，都是陳晞想做的事，心儀之人所冀望的未來，本就會想要盡力幫忙達成吧。

不過又夏還是有些訝異，畢竟開口的人是自己。果然，只能歸結於許浩瑜是個濫好人了。

「嗯，」浩瑜的神情看來稍顯不甘願，「但是要照我說的做。」

「欸？」

「從學校開始。」

聽不太懂，但經驗告訴又夏先閉上嘴，等對方解釋。於是她默默地看著浩瑜伸手進包包拿東西。

大概沒幾個人能隨時拿出紙筆吧？浩瑜在紙上寫下「學校」二字然後圈起來，又在旁邊寫了「社團」，也圈起來，並於兩者之間畫了一條線。接著，她又寫下許多單詞，由小至大，越來越接近政府機關。

不出幾分鐘，一張心智圖便完成了。

「陳晞會利用父母的關係，所以應該會比我們想像的還要順利。」浩瑜一面說，一面將紙張轉向又夏，讓她能看清文字。

「妳怎麼知道？」

「我可是跟她一起工作過十年喔。」小手上的藍筆轉了一圈，「她的行事作風有點可怕。」

「也是。」

即使自己成功拿回上個時空的記憶，但對於許浩瑜常說的「第一個時空」毫無概念，無論怎麼努力回想，都是一片空白。所以，論了解陳晞，許浩瑜大概是第一名了。

聽到自己為了陳晞跨越無數個時空時，又夏雖然表面相信，不過心底仍然有一絲存疑。若是為了阻止孤兒院的災難，她完全能理解，畢竟對自己來說那裡就是家。但陳晞呢？難道真的是因為「喜歡」才會那樣行動嗎？

又夏沒有答案，面前的許浩瑜也幫不上忙。畢竟，就連自己現在對陳晞是怎麼想的，她都摸不透了。

「可是，『預視』裡面並沒有任何相關的畫面。」浩瑜癟癟嘴，「妳一定是臨時起意吧？」

「不算是啦。」

「辦得到，但出風頭的話有一定的危險，妳能承擔嗎？」

又是這樣沉重的問句。機構想殺掉「時間」已經是好久以前的記憶了，卻仍歷歷在目。不僅眼前的人，陳晞、秋天都拚了命想保護自己，林又夏偶爾也會對於她們的選擇感到懷疑。

並不是質疑她們的真心，而是，「林又夏」真的值得嗎？如果換作是自己，她不覺得在第一時間能給出肯定的回答。

面對浩瑜的問題，作為回報——雖然陳晞很討厭這個用詞，不過為了做個知恩圖報的好孩子，又夏清楚自己該說出什麼答案。

「妳說的是被機構發現吧？那我不介意。」

以上個時空的狀況評斷，機構發現有「時間」能力者一事，時間點應該落在秋天接近自己的時候，但既然浩瑜方才都說過了，並不會有更嚴重的事發生，那就代表「目前」應該還安全。

被通緝的感覺不太好，如果可以的話，她並不想再嘗試一次。

「那就開學後見了。」浩瑜揹起包包，「對了，妳們進展怎麼樣？」

又夏愣愣地看著站起身的朋友，「進展？什麼意思？」

「妳跟陳晞啊。」

「應該要有什麼進展嗎？」對方一臉理所當然的模樣，讓又夏更疑惑了。

「親了嗎？」又夏還沒反應過來，浩瑜便自己臉紅起來，「算了啦，我不管妳們了啦！」她又重申一次，「我真的不管妳們了！」

不等又夏反應過來，許浩瑜便急急忙忙地推開玻璃門。

但其實只要想一下，便能知道許浩瑜的言下之意。又夏慢了一拍，才和浩瑜一樣漲紅臉，她拿過對方留下的玻璃杯，貼上燥熱的臉頰。

「還沒啦。」她嘟噥著，解除了能力，店內嘈雜的聲音也回到耳裡。

平凡的日常，是許浩瑜所希望的。又夏不打算跟她唱反調，反正自己在意的其實也不多，能夠好好過日子也還不錯。

要是陳晞哪天又拿槍指著太陽穴，或是大家一起被抓到異世界空間，她肯定會先大喊幾聲，說不定還會在地上打滾。

先不說自己覺得煩，知曉最多事的許浩瑜應該會先被逼瘋。

拉下鐵門，代表一天工作的結束，這是又夏最愛的項目。鯛魚燒店老闆和上個時空的不是同一個人，不過一樣和善，還不愛管事，有時候整天都不會出現。沒客人的時候就能偷懶，又夏樂在其中，但若來客多就有些困擾。

又夏插著腰，看著鐵門下降，吵雜的響聲讓她短暫放空。和院長取得聯絡以後，便收到她要出國的通知，接下來就杳無音信。不想在電話裡說重要的事，所以又夏沒有在通話時對於前個時空提問，只是十分無奈。

院長要去做些什麼，又夏沒有過問，確認孩子們都順利安頓後，就掛上電話了。自己沒有立場多管，而且因為前個時空的經驗，又夏也清楚，院長並不是普通人。

每個人可能都會有秘密吧，一如當初主動和自己成為朋友的許浩瑜，但不管了。鐵門觸底時發出了更為低沉的聲響，又夏長舒一口氣。既然許浩瑜都明確地說了，那她真的要按照自己所想的去生活了。

「哈囉。」從背後傳來的聲音打斷她的思考，又夏猛地轉過頭，映入眼簾的是陳晞逆著光的臉龐。

「妳不是放假嗎？」

「出去逛了一下，回家經過這裡，就看到妳剛好下班了。」陳晞說話時手勢很多，像是做錯事在極力解釋動機。

絕對不是這樣吧。又夏笑了出來，但不打算戳破故作自然的陳晞。她接過對方遞來的鋁罐，罐身已有些水珠，大概是來自附近那座公園的販賣機。

「真是太巧了呢。」她邊說邊拉開了拉環。

兩人邁步，往陳晞家的方向走去。由於正值暑假，路上沒有學生的身影，顯得有些冷清。走起來很輕鬆，也不用擔心並排會擋到路人，又夏不禁希望暑假可以永遠持續下去。

她確實辦得到，但是不能那麼做。許浩瑜曾說過在解決諸神黃昏時，看過那幅景象。大抵是因為身為「時間」的自己死了，所以世界無法正常運轉，也無法繼續前進。

雖然對於死後世界會變成什麼樣子感到好奇，但又夏已經下定決心了，只顧好自己的事就好，其餘的，就交給像院長一樣的大人來煩惱。

「今天上班怎麼樣？」

「跟平常差不多啊，但有奇怪的客人。」

「欸？還好嗎？」

「沒事啦，打發她花了點時間而已。」看陳晞擔心的表情，又夏不禁揚起唇角，「妳呢？散步開心嗎？」

「啊，今天遇到了幼稚園同學，她是特殊能力者。」

「那麼剛好嗎？」演技還有待磨練啊。又夏對自己下了個評語，故作驚訝的語氣連她自己都覺得有些噁心。

「嗯，買咖啡的時候剛好遇到。」陳晞歪著頭，像是在回憶發生的事，「很久不見了，差點沒認出來。」

「妳們聊了些什麼？」這部分許浩瑜沒提，問起來也沒那麼心虛。

又夏看著陳晞的神情變化，不禁有些疑惑，為什麼看起來那麼難為情？不過，若說了類似「改變世界」之類的話，確實還挺難以啟齒。她不打算逼迫陳晞回答，但也不知道該怎麼在自己提問以後繼續接話。

最後陳晞還是鼓起勇氣，「說了以後想做什麼。」

「那妳想做什麼？」

「就，那個——」

沒等對方說完，又夏接了下去，「改變世界？」

陳晞的眼睛快速眨了好幾下，「對。」

「不錯嘛，這樣就會多個幫手了對吧？」

「嗯、嗯。」

她一臉就是想問問題的樣子，不過又夏沒有給陳晞多說話的機會，「我沒有覺得妳在開玩笑喔，如果是妳想做的，那我一定也會一起。」

她們在紅燈下駐足，又夏的表情很是嚴肅，而陳晞眼神閃爍。

說不定從某一刻起，自己和許浩瑜也差不了多少。直至今日，又夏都不覺得對陳晞的感情有強烈到可以付出生命，但就算真要付出生命，好像也無妨。如此奇妙的情感，她不知道該怎麼定義，想必「過去的自己」曾確定過答案，不過，那並不是現在。

不能再想著過去的事了。此時在眼前的陳晞，就算和前個時空的樣貌相同，性格也沒有太大改變，但經歷相差甚遠。她沒有失去過任何人，也不曾面對世界末日，更未曾替機構工作。

又夏晃晃頭，雖然相似度極高，就連太過喜歡自己的這部分也一樣，可如果不把視線放在此時的她身上，就太不尊重了。

等到紅燈的秒數剩一半，陳晞才開口：「如果妳真的願意幫忙的話，我會很感謝妳的。」她異常冷靜，看著又夏的雙眼似乎是在觀察。

「有需要的話，隨時都可以為您效勞喔。」又夏輕快地說著，她伸出握拳的手，對方愣了一下，才學著她做出一樣的動作。

雙拳碰觸的那一刻，陳晞輕聲說道：「那就拜託妳了。」

本想在回程順道去超市買點食材，但和陳晞聊著聊著，又夏就將原本的規劃拋在腦後了。直到踏進陳家的那瞬間，她才想起來。

陳晞阻止了還想掉頭的又夏，「那今天就吃點不一樣的吧？」

過了十分鐘，看著紙碗裡的油光和麵體，又夏無奈地笑出聲，「妳說的『不一樣』，就是泡麵喔？」

「這是我平常在吃的東西啊。」

「這話說出去可不能聽啊。」又夏闔上燙手的蓋子，「妳這樣會嫁不出去喔。」

「哪有人規定女生一定要會下廚的。」接過機械手臂遞來的餐具，陳晞聽起來略顯不滿，「而且我也不打算結婚。」

驚覺自己說錯話，又夏有些尷尬。她盯著從泡麵碗隙縫飄出來的白煙，思考著該怎麼道歉，卻又不確定是否該道歉。自己說的是社會普遍現象，然而陳晞口中的才是正論。

說實話，她也不那麼想。為什麼要會下廚才能嫁人？她還真沒有答案，說到底，也沒有非嫁人不可的必要。又夏沒有預設過未來，跟誰談戀愛、和誰白頭偕老，未曾在她的想像中，脫口而出的，只是一直以來被灌輸的觀念。

居然不小心就被洗腦了啊。又夏在心裡責備著自己，最終還是選擇說：「抱歉。」

「欸、不，那個……」陳晞頓時有些窘迫，「我沒有想罵妳的意思。」

「開玩笑的啦，剛剛那樣說是我不好，謝謝妳提醒我。」

掀開泡麵的蓋子，調味粉包的香氣撲面而來，不曉得加了多少添加物，又夏總覺得有些罪惡感，吃下肚的話，好像會愧對自己的身體。

大概是發現又夏的猶豫不決，將筷子遞給她的陳晞悠悠地說了句：「反正沒有要結婚，人不用那麼健康也可以活著喔。」

「對不起啦！」

23

暑假很平和地結束了，期間有些擔心裝置是否正常運作，反覆確認過幾次，幸好都沒有什麼問題。又夏會定期將魔力存入容器，當到了每個月的固定日子，陳晞都會繃緊神經，生怕她出事，或是體力不支。所幸又夏的身體還算健康，通常隔天都能恢復精神。

平安迎來開學日，換上新制服的陳晞沒有什麼特別的感覺，但看到在廚房忙碌的又夏，她愣了一下。

談到魔法使學校，不得不提水手服，又夏穿起來很好看，就算隨意問一個路人，也絕對會是肯定的答案。然而，穿著白色襯衫的又夏是另一種級別的漂亮。

「早安。」

襯衫搭配圍裙，營造了奇特的氛圍。陳晞有些僵硬地拉開餐桌椅，「早安。」

「妳今天特別早起喔。」隨著一聲鏗鏘，又夏將餐盤放上桌，「開學緊張？」

總不能說是因為想早點看到她穿新制服。硬是把話憋回去的陳晞點點頭，拿起餐具便快速地把煎蛋吞下，看見這一幕的又夏目瞪口呆，「喂喂，吃慢點啦。」

和大考那天一樣，學校絲毫沒有變化，榜單也還是暑假前的那張。路過穿堂時，又夏停頓了一下，陳晞對此有些疑惑，跟著停下腳步，「怎麼了嗎？」她順著對方的視線看去，只見到一整排陌生的姓名。

總共只有列出五十名學生，陳晞自下往上看，視線落在最頂端時，她被吸引了目光，而很明顯的，又夏正在看的也是那個名字。

「第一名的姓氏很特別呢。」

「啊，」不知怎麼地，又夏神情慌張，「是啊。」

總覺得自己好像錯過了什麼事，但也不好過問。陳晞抿抿唇，「妳認識？」結果還是問出來了——看到又夏閃爍的眼神，她才驚覺自己的所想跟所做，根本是兩個完全不同的方向。

「欸？啊、嗯，應該算認識吧。」

林又夏慌張的樣子先前看過不少次，或許是平時游刃有餘的模樣太過鮮明，還是讓人感覺不太習慣。不過陳晞並不在意，甚至因為她會在自己面前露出這樣的表情，莫名覺得有些驕傲。

她不打算再問下去了，而這次，行為和所想一致。陳晞點點頭，將視線移向榜單隔壁的分班名單。

「啊。」

「啊。」

她和林又夏同時發出了聲音。

兩人同時收到錄取通知，註冊日當天也一起來了學校。在開學的前一週，學校個別通知了學生分班資訊，但陳晞沒想過要問又夏，不曉得是出於期待還是害怕才避而不提，而且要是問了，一定會被發現自己很在意這回事，總覺得有些丟臉。

「不同班呢。」又夏輕聲說著。

「嗯。」順著姓氏筆畫向下，陳晞看見了熟悉的姓名，「啊，這就是我那天遇到的幼稚園同學。」她用指尖碰觸的那個名字有些普通，但好記，也體現了擁有者平易近人且文靜的氛圍。

又夏沒有太大反應，只是摸摸下巴，「妳們同班呢。」

「太剛好了。」

「不同班的話，在學校就很難見面了。」

話鋒一轉，主題變為陳晞並不想面對的問題。

除了基礎學科會在原教室上課之外，機械使、魔法使各有不同的專業課程，屆時必須轉移到不同的教室，雖然有分班之實，但同個班級的學生待在一起的時間並沒有想像中多。也因如此，術科不同的兩人被分到不同班，代表在學校幾乎不會有碰面的機會。

陳晞打從心底覺得可惜，卻也不知道該說些什麼，只能勉強地回應看來平淡的又夏：「是啊，幸好回家就能見面了。」

沒錯，跟又夏的同學們比起來，自己有絕對的優勢——不，並沒有人在競爭。陳晞甩甩頭，試圖抹去自認糟糕又不知所云的想法。

「還有社團，不是嗎？」

「欸？」

「我想要申請創社。」

「欸？」意料之外的回覆讓陳晞滿臉寫著疑惑，「我們不是才高一嗎？」

又夏眨了眨眼，「總有辦法的。」

看起來就是要自己幫忙。陳晞移開視線，她們所在的布告欄對面還有一面牆，貼滿了社團海報。混校雖然看重升學及培養專業技能，但社團活動也很活躍，運動社團都能在全國比賽拿下不錯的成績。陳晞對弓道略有關注，在入學前早已決定要加入弓道社。

不過，自己的規劃跟林又夏的願望比起來，很明顯陳晞比較在意後者。

「沒有想參加的社團嗎？」

「也不是，」又夏後退了一步，再次把目光投向榜單，「只是有想做的事。」

她說話時和平常有些不同，像是老早就對創社有所規劃，陳晞從對方的語氣可以判斷，就算自己不參與，她也會去做。

如果能待在同一個社團，那就不用擔心在學校無法見面了。出於私心而想幫忙，讓陳晞覺得有點羞愧，所以當她問出：「那是怎麼樣的社團？」聲音聽來很是心虛。

「我想解決大家的疑難雜症。」

「……什麼？」又夏情緒轉變得太快，讓陳晞很訝異。

「妳想嘛，我的能力不是時間嗎？」她壓低了聲音，「那一定可以幫到大家。」

「這樣不會被發現嗎？」

「只要不說是怎麼解決的，就不會有問題了。」

對於認為又夏有經過深思熟慮的判斷，陳晞按下收回鍵。看著變得有些興奮的又夏，她很想直接說要加入創社行列，但一方面又很擔心，身為無能力者的又夏能不被機構「徵收」，正是多虧一直以來的低調行事，若不小心造成話題，肯定會提高能力暴露的風險。

何況，高中生會需要解決什麼問題？考試考不好的話，多讀書就行；專業課程搞砸，代表要多練習。光是想像，都能看見學校拒絕創社申請的未來了。

想到「未來」二字，寫在分班表上那熟悉的姓名又映入眼簾。說不定……不，現在並不是幫又夏找社員的時候。

「我覺得可能可以再考慮一下——」

陳晞話還沒說完，就被身後傳來的一聲呼喚打斷，「又夏？」

她順著聲音回過頭，接著便聽見又夏說：「學姊！」

來者是一名穿著和兩人相同制服的女孩，她帶著微笑朝又夏走近，在一旁的陳晞發現又夏似乎下意識地調整儀態，挺直了背脊。

不過，那也難怪，眼前的女學生雖然只簡單打了招呼，卻能從語氣和姿態看出優秀的出身。

陳晞將身子完全轉過去，禮貌性地和對方輕點了頭，這才發現，那張面孔自己曾看過一次。在父母參與的宴會裡，很少能見到和她年齡相近的孩子，就算有，也都被保護得好好的，難以搭話，所以陳晞總是覺得很無聊。

被又夏稱為學姊的女生，她很有印象。雖然也被保護得很好，但只要對到眼，便會微笑著揮手、點頭。活像個偶像，這是和她見過一次的陳晞私自下的註解。

她們僅有一面之緣，也不曾聽父母提過更多資訊。大概是某個名門後代吧，即便不知道名字，也能從氣質判斷。

「說過了嘛，叫我玲緒就好。」玲緒一把抱住了又夏，「果然，又見到面了。」

又夏發出了「呃呃啊啊」的聲音，看向陳晞的眼神似乎是在求救。

花村玲緒——榜單上的第一名。這印證了陳晞的猜測，也只有望族會擁有如此讓人無法忘記的姓氏。少見的名字似乎是一種優勢，陳晞覺得自己在本人還未出現前，就已經記住那四個字了。

領子上的徽章繪有一隻舞鞋，仔細感受，幾乎沒能感覺到魔力的流動。和刻意隱藏的又夏不同，大概是真的魔力微弱。如果不是無能力者的話，那枚徽章代表的，就是她的特殊才能了。

身邊淨是一些特別的人啊，陳晞不禁感嘆，先是又夏，又是浩瑜，接著是眼前的玲緒，各個都不是一般的魔法使，只有自己是再普通不過的機械使。

「那個，」對於又夏的求救，陳晞束手無策，只能尷尬出聲，「不好意思……」

要是又夏真想掙脫，發動能力就行了。看她的表情，應該是覺得有些困擾，但不到討厭的地步。不過，既然都用那種眼神了，不做點什麼是不行的。

策略奏效了。玲緒歪歪頭，後退一步，轉而和陳晞對上視線，「妳是陳晞吧？」

被對方探清底細的感覺，已經是第二次了，初次正是來自站在玲緒身邊那人。相同的是，兩人都不會讓她感到不悅，她們總是用懷舊的語氣說著話，令陳晞不知道該怎麼應對比較恰當。

「妳怎麼知道我的名字？」

或許是因為又夏在旁邊，陳晞得以鼓起勇氣開口。

「我們見過很多次了呀。」和預想中的不同，玲緒一臉疑惑，「還打過招呼，不是嗎？」

一點印象都沒有。陳晞有些尷尬地看向又夏，然而後者沒有給她能參考的反應，反倒露出意味深長的表情，甚至總感受得到一絲幽怨。

「抱歉。」她下意識道了歉，但不曉得是對玲緒說，還是對又夏。

「開玩笑的啦，只遠遠地見過一次。」玲緒輕快地說著，「應該沒有人不認識陳家的女兒吧？」

又夏的神情變得柔和，和方才判若兩人。

不曉得該怎麼回應，陳晞只是乾乾地笑了兩聲。答案是肯定的，但如果此時點頭，就會顯得自戀。而且，名氣是來自於父母的，一如玲緒口中「陳家的女兒」這個頭銜。

如果不姓陳、不出生在陳家，就什麼都不是的無力感湧上。她嘗試在氣氛尷尬之前說些什麼，卻啞口無言。

陳晞的嘴張開又閉上，然後，又夏跨了兩步來到她身邊。

「我倒不是因為這樣認識她的。」不曉得是不是聽錯，她此時的語氣和剛剛的恭敬相差甚遠。

陳晞稍微抬眼瞄了一下玲緒，意外地，她沒什麼特別的反應，甚至淺淺笑了，「也是，畢竟是很有魅力的人呢。」

誰？話到喉頭的時候，陳晞硬是吞了回去。一半是覺得說下去會不可收拾，另一半則是感受到身旁那人似乎因為玲緒的那句話，即將變成一團黑影。

不得不說，玲緒很會看臉色，她晃晃頭，「是說，妳們怎麼這麼早來？」

因為突如其來的問題，陳晞跟又夏同時抬起頭確認穿堂的掛鐘，距離到校時間底線的七點半還有二十分鐘，應該說不上早。

陳晞正想開口說要去教室報到，就被玲緒打斷，「今天下午才開始上課喔！」

「欸？」

「啊？」

桌子有點矮——這是陳晞坐下後，腦海飄過的第一個感想。由於太早到校，玲緒便帶著她們來到學生餐廳休息，身旁是捧著牛奶的又夏，眼前是開心地享用餐包的玲緒，自己面前則擺有一杯紅茶。

稍微伸展一下身體後，陳晞環顧四周，無意間與幾名也在用餐的學生對上視線。感覺不太好，她認為自己不算敏銳的類型，但還是能明確感受到陌生學生們眼神裡的惡意。

明明未曾謀面，為什麼呢？餘光瞟見又夏那枚反射著日光燈的紅色徽章，陳晞這才反應過來。

和其他桌不同，她們這一桌顯得特別安靜，玲緒接受的家教大概比自己嚴厲許多，導致陳晞將杯子拿起的動作也變得十分小心翼翼，生怕會發出噪音。

「如果睡過頭，餐廳也有準備早餐。」用手帕擦擦嘴角後，玲緒說道：「我還蠻喜歡來吃的。」

「感覺在家吃比較放鬆。」陳晞啜飲一口紅茶，是她曾和父母一同喝茶時嚐過的味道，應該是價格不菲的茶葉。

「我會幫陳晞準備早餐，沒問題的。」

又夏已經變回平常的模樣，說起話來很和緩、溫柔，跟玲緒有些相像。她們就連髮色也十分相近，差別在又夏更顯稚氣，五官也是她更為精緻。玲緒並非會常被稱讚漂亮的類型，但氣質掩蓋了她在外貌上的缺點。

總之，無論如何，陳晞都覺得自己坐在她們旁邊，活像隻被曬得乾透的魷魚，藍色的魷魚。

「妳們感情還真好呢。」

「這是當然的，因為陳晞喜——」陳晞用迅雷不及掩耳的速度摀住又夏的嘴巴，讓她發出了「嗚嗚嗚」的聲音，聽不清後頭接著說了什麼。

「洗手！我要洗手！」放開又夏後，趁她還沒有緩過氣，陳晞將椅子向後推，猛地站起身，快步朝盥洗室走去。

又夏接下來會跟玲緒說些什麼，陳晞都不管了，只希望自己不要在現場聽到。

明明是「可能會喜歡」，而不是「喜歡」。語意上很不同，但看來又夏私自認為是同一種情感了。這只能怪自己亂說話，活該讓人誤會。

冷水打上臉時，她不禁倒抽一口氣，同時清醒許多。

對林又夏而言，那句話到底算什麼呢？她剛才說的時候，像極了在炫耀，但陳晞心裡清楚，她不是會把別人的感情當作戰績的類型，平常相處時，也不曾聽她特別提起。

距離又夏住進家裡，已經過了兩個月，還以為那句話已成為塵封的記憶，此時再次被勾起回憶，陳晞仍不覺得後悔，但也不知道該怎麼面對。事隔那麼久還會提起，代表林又夏一定程度上對這句話有所執念。

如同在害怕自己作為說出口的人會忘記那般，或許又夏用輕快語氣說著的時候，真的這麼想。

不可能忘的，或者該說，絕對不會忘。這麼想著的陳晞又洗了一次臉。

廁所是聊八卦的好地方，有其他人並不奇怪，她正低頭忙著把臉擦乾的時候，有幾個學生走了進來。混校不方便的地方，就是透過制服難以辨認年級，不過若是特地到校用餐，大概就是二年級以上的學生吧。

陳晞對打探陌生人的隱私沒有興趣，雖然母親常說隨時收集情報對於生涯會比較有幫助，可她還是不打算改變自己的行事作風。

「妳剛剛有看到嗎？」

「妳說那個無能力者嗎？」

陳晞一面感受自來水衝進眼睛的刺痛，一面想著方才察覺到的眼神果然不是錯覺。明明對又夏一無所知，卻能在近乎公共場合的空間議論，光是從語氣就能聽出她們的惡意。

若不是因為眼睛痛，她早就離開洗手間了。又夏不會希望自己惹事生非，硬是出風頭對她們都沒有好處，陳晞平時也不是會強出頭的性格。

「對對對，旁邊是不是姓花村那個？」

「什麼啦，好奇怪的姓喔。」

擁有這個姓氏所象徵的，雖然不一定等於榮華富貴，但百分之百一輩子不愁吃、不愁穿。只能說，果然是高中生嗎？即便自己也才高一，可陳晞還是忍不住感嘆她們的見識淺薄。

她彎著腰，越過那三個女生，抽了兩張衛生紙，非本意地聞到了廉價香水的氣味。看吧，這就是沒有特殊姓氏的水平。

「妳不知道嗎？前陣子跟熱音社學長分手的那個啊。」

「她還沒休學喔？不是上學期失蹤好一陣子？」

「大概玩膩外面的男生了吧？」

好煩。雙手撐在洗手台的陳晞重重地嘆了口氣，接著抬起頭，透過鏡子和其中一個女生對視。她露出此生最難看的笑容，那個學姊愣了一會才反應過來，那副逐漸僵化的神情，要是有機會，陳晞真希望能拍下來嘲弄。

「妳們身上的味道跟嘴巴一樣臭呢。」她試著讓自己聽起來冷漠，卻藏不住咬牙切齒。

在轉身離開之前，陳晞乖乖地把衛生紙丟進垃圾桶。紅光一閃而過，裡頭的幾個女孩眨了眨眼，還以為是錯覺。

回到餐廳後，陳晞一眼就看到又夏與玲緒相談甚歡的樣子。那傢伙該不會有人格分裂吧？明明早前還透著敵意，此時卻聊得開心。玲緒望向她的神情並無變化，大概，又夏並沒有特別解釋那句未說完的話。

陳晞坐回方才的位置，依稀聽見洗手間的方向傳來尖叫，她故作鎮定詢問：「妳們在聊什麼？」幸好其他二人並沒有注意到。

「陳晞，」光從聲音就能聽出又夏此時有多麼興奮，「我接到我們社團的第一個委託案件了！」

只要又夏興奮起來，就不會有好事。陳晞稍微睜大雙眼，與一旁的玲緒對上眼，然而玲緒只是對她溫柔地笑了笑。

是共犯啊。這種類型的女生，即便只是當朋友，都還是別碰比較好。

創社申請流程繁複，在陳晞和玲緒的努力之下，終於在一週內集齊所有處室的簽名，也好不容易找來指導老師。起初又夏很積極地想幫忙，但實在沒有幾個教職人員願意聽她說完話，最後只好作罷。

狹小的空間內，擠著兩個女孩子。打掃得乾淨的洗手間，午休時不會有人經過。又夏接過陳晞手中的耳機，新奇地端詳了一陣，才放入耳中。

「我今天要去弓道社體驗。」即便機率小，陳晞還是有些擔心被發現，用著氣音說話。

蹲著腿麻的又夏稍微移動了腳步，肩膀靠上身旁人的手臂，「所以不能一起回家囉？我可以等妳。」

「應該沒那麼快結束，」陳晞略顯僵硬地歪歪頭，「妳還是先回家吧？」

像極了家長在哄不想回家的孩子。

因為還不太習慣新環境，她們約好了中午一起吃飯，不知道為何演變成連午休也偷跑出來見面。為了不被發現，又夏找了好幾個地方，最後還是選擇了洗手間。陳晞雖然不太樂意，仍是輸給對方閃著光的雙眼。

她們也不會做什麼特別的事，只是聊些上午發生的事，然後一起聽音樂。唯一麻煩的地方在於隔間狹窄，兩人蹲在地上、擠在一塊，稍嫌累人。不過，又夏看來樂此不疲，還主動觀察教官比較少到哪個樓層巡邏，陳晞也只好配合。

當然，她並沒有覺得不快，和又夏多點時間相處，感覺挺好。

「我跟玲緒有約，所以可以順便等妳喔。」說話的同時，又夏還玩弄著耳機線。

「妳好像很容易跟人變成朋友呢。」

共進早餐那天後，又夏就不曾再對玲緒表露出敵意，甚至偶爾會兩個人光明正大地在陳晞面前交頭接耳。即使陳晞並不介意，但看著笑得開心的兩人，還是覺得有些無奈。

「有嗎？」

「嗯，妳跟浩瑜也很快就熟起來了。」

「呃、嗯，她是例外啦。」不曉得是不是錯覺，又夏的眼神有些飄移，但她很快恢復原樣，「不過怎麼突然這麼說？妳吃醋了？」

「才沒有。」

耳機中流瀉而出的音樂，來自陳晞最喜歡的樂團，也是她初次傳訊息給又夏時所選的曲子。

又夏跟著前奏輕哼，待主唱開口，她說道：「我第一次聽的時候，還以為妳在暗示我什麼呢。」

「欸？」

「沒有人會隨便傳情歌給女生的喔。」

直至此時此刻，歌詞經由耳朵竄入腦袋，陳晞才意識到這首是情歌。她漲紅臉，「我也是女生啊……」

她可以發誓，自己真的只是單純喜歡這首歌而已。無論是編曲，或是作為主旋律的吉他，以及主唱滄桑與青澀並具的獨特嗓音，都令她著迷。對於歌詞，她沒有多想，不如說，「情歌」此一概念，在又夏提起之前，不存在於陳晞的字典。

又夏輕笑幾聲，「我知道啦。」

經過陳晞和玲緒若有似無的施壓，已經確定能創立社團，然而陳晞實在不想放棄弓道社。她猶豫許久，再三斟酌用詞，才終於向又夏開口確認自己是不是能兼任社員。

起初對方一臉嚴肅地說：「腳踏兩條船是不允許的喔。」但沒幾秒後，就立刻露出笑容，說道：「開玩笑的，當然可以啊。」

心情就像坐雲霄飛車一般，獲得理想的結果讓陳晞鬆了好大一口氣。

雖說自己本就沒有義務要加入「疑難雜症處理社」。不過，能讓又夏開心也沒什麼不好。

弓道社的練習場位置偏遠，放學後，陳晞花了點時間才找到那棟大樓。現場人數比她想像的還要少，只有幾個身穿弓道服的學姊，以及也來社團體驗的另一名新生。

陳晞站在和自己同齡的女孩身旁，對方領子上的徽章吸引了她的注意。可愛的狗腳印是鮮少見到的符號，她又稍微抬眼確認五官，還真就是大考那天不慎撞到的人。

那人發現陳晞的眼神，便也回望她，但眼神充滿敵意。面對毫無隱藏的情緒，有些不知所措的陳晞尷尬地移開視線，打消了搭話的念頭。

明明好好道過歉了，還是那麼生氣嗎？要是未來一起入社的話，會很麻煩的。還是找機會請她喝杯飲料或吃午餐吧。陳晞在心裡盤算著，差點就錯過學姊的講解。

「我們弓道社是以全國大賽為目標的，就算是練習，也是比照大賽規格喔。因為人數不多，所以基本上每個社員都有參賽的機會，我會很期待妳們的表現的！」

雖然還沒確定要加入，但眼前這名黑髮學姊說得就像是她們已經入社了那般。即便頭髮不長，為了安全，陳晞還是乖乖綁起馬尾。

夏日計劃

「學妹，妳們有血緣關係嗎？」

正低頭綁鞋帶的陳晞頓時感到混亂，「呃，誰？」

「妳跟她。」社長指了指兩名高一生，「綁頭髮之後有點像呢！」

陳晞本來想禮貌回應，便撐著膝蓋站起身，卻被另個新生大聲打斷，「社長。」

「怎麼了？」

「我可以跟她比賽嗎？」

誰？陳晞看著女孩手指的方向，才驚覺對方說的是自己。

我啊……不對，居然是我嗎？她外表看似平靜，實則在心裡慌張地大喊。為什麼？要比什麼？打一架嗎？絕對打不贏吧？雖然自己的身高占優勢，可是很明顯肌肉量差了一大截。

「哦？」意料之外的是，社長很感興趣。她一邊饒富興味地看著兩人，一邊摸摸下巴，「很有野心，不錯嘛！」

陳晞舉起無力的手，在胸前比了個叉，但顯然沒有人在乎。明明是一群比她矮五公分以上的女孩，此時卻讓她覺得自己很渺小。

被拉著換上社長的弓道服，尺寸不合令陳晞覺得身體很緊繃。學姊們一面討論著這學期要找哪間訂做廠商，一面幫她穿戴。說到一半時，社長用力地拉緊了腰帶，突如其來的緊縛害得陳晞忍不住咳了兩聲。

「小桐，不用綁那麼緊啦！」方才負責講解的學姊出手將腰帶拉鬆。

「抱歉、抱歉，」社長急忙道歉，「她太瘦了，一不注意就……」

另一邊的學姊則是在協助那個提出要比賽的女孩，時不時還能聽見她們稱讚她的身材。

「那個，」在社長繞到她身後，綁上袴的繫帶時，陳晞不安地開口，「但我之前從沒碰過……」

「放心吧，練習弓的磅數都很低，只要照步驟一步一步練習，就不會受傷了。」

還只是不會受傷而已啊……落荒而逃的念頭油然而生，但身上穿著別人的弓道服，最糟的狀況就是得裸體逃亡了。那樣就太蠢了，陳晞無法接受。

社團採用的是反曲弓，注重站姿等基礎。過去總是在螢幕上見到，此時拿到弓的陳晞稍微有些不現實感。

「是說，既然不是和弓的話，為什麼要穿袴呢？」

社長露出尷尬的神情，而旁邊的學姊大聲地說：「這是社長的癖好啦。」

至於癖好是弓道服還是讓新社員半裸，似乎就沒有正確答案了。

接下來的事，陳晞就沒有記憶了。

只知道站上射位以後，有一陣嘈雜聲響竄進耳裡，她完全聽不見學姊在說什麼，從沒經歷過的記憶毫無阻礙地湧進腦海，自己就像是被海浪捲走的受難者，全然失去抵抗之力。

箭呢？有射完吧，大概。

等她有意識的時候，人已經在保健室。睜開眼那刻，三雙眼睛直直地盯著她，其中二人露出鬆一口氣的表情。白色病床旁坐著的是林又夏跟許浩瑜，方才要她比賽的那個女孩也在場。

女孩坐在一隻——等等。陳晞揉了揉眼睛，才確認自己果然沒看錯，女孩真的騎著一隻老虎。

嗯，老虎。等一下，老虎？

「妳還是很會射箭呢。」女孩從虎背上跳下，向陳晞展示自己紅透的指節，「我輸得很徹底，七分、六分、八分。」

就算用了指套，還是這樣嗎？陳晞撐著床坐起身，「妳力氣很大呢。」

不過，「還是」是什麼意思？別說拉弓了，自己今天才第一次碰到反曲弓的實體，甚至有些驚訝厚實的重量。

「小晞，妳的分數是九、十、十喔。」又夏身旁的女孩開口，「跟以前一樣厲害。」

以前？陳晞露出呆滯的表情。她確信自己是初次來到弓道場。過去看到的比賽，都是透過電視所見，不可能成為親身經歷。但是，在聽見噪音的那瞬間，她確實也看見自己站在弓道場的模樣。

並非今天那樣，穿著不合身的道服。而是真真切切地參與了比賽。可是，那些肯定全是不存在的記憶，否則一切都太不符合邏輯了。

看陳晞失常的模樣，又夏皺起眉頭，向前握住了她的手，「妳還好嗎？」

稍顯冰涼的掌心讓她回過神，陳晞晃晃頭，「所以剛剛發生什麼事？不，如果可以的話，請從頭到尾解釋一遍給我聽。」

秋天被以把風的理由驅逐出保健室，浩瑜在跟她說話的時候，小小的拳頭看起來充滿怒氣。

「所以，平行時空什麼的，真的存在啊。」陳晞靠上床頭，「太不可思議了。」

她是個機械使，專長為「發明」，從小到大，陳晞都不知道自己擁有這項能力的優點，但此時此刻終於明白了——對於新奇事物的接受度要比一般人高得多，絕對是其中一個益處。

彷彿是對她的平靜感到訝異，又夏和浩瑜對視幾秒後才又再次看向陳晞，然後接著說：「大概，碰觸到記憶比較深刻的事情就會有妳剛剛的狀況。大考那天我也是這樣。」

「欸？在哪裡？」

「要等很久紅燈的那個路口。」

夏日計劃

如果在其他時空也住在一起、同進同出，那麼普通的路口能成為充滿回憶的場所，並不讓人意外。但是最近並沒有發生什麼令人印象深刻的事，不知道為什麼，陳晞居然感到有點內疚。

「林又夏，還要跟她說那個。」

「妳自己講啦。」

陳晞看看又夏，又看看浩瑜，同時盡力控制表情，讓自己看起來不要那麼茫然。

拗不過又夏，浩瑜嘆了口氣，「妳是『神之子』。」

陳晞收回方才覺得自己接受度很高的評論，她乾笑了兩聲，「哈？」

看見對方的反應，忍不住尷尬的浩瑜看向又夏，「妳看，我說的她不會相信啊！」

「不，跟誰說的沒有關係，是這件事本身就很荒謬。」又夏拍拍浩瑜的肩膀，「如果我不是早就知道，我也不會相信。」

要是能獲得更詳細一點的解說就好了。察覺到這點的又夏，開始娓娓道來，期間，還時不時要浩瑜補充。

故事講得很好，希望她下次別說了。用掉一個多小時，又夏才解釋到尾聲，聽完後，陳晞又花了點時間在腦中整理。

「但是，我並沒有覺得我有什麼超能力。」她看看自己的手心，感受魔力的流動，一切如常。

「沒有是最好的。」浩瑜晃晃頭，「那代表『黑暗』確實消失了。」

「為什麼？」這是又夏問的。

「妳笨蛋喔。」幸虧陳晞及時拉住又夏，才沒有女高中生在保健室鬥毆的場面。後退一步做出防衛姿勢的浩瑜沒理會齜牙咧嘴的朋友，接續說道：「黑暗跟光明是對立面，沒有黑暗存在，也就不會有所謂光明，反之也是如此。」

「所以我是不是『神之子』，在這個時空意義不大。」

「聰明！」浩瑜罕見地大聲，似乎是在刻意掩蓋些什麼，「真不愧是妳。這個時空，是和平的時空。該說妳懂找嗎？林又夏上次就選到一個有世界末日的……」

陳晞再次拉住又夏的手，阻止她揍人。

為避免自己不留神被打，浩瑜繞過病床，來到另一側，「但是，這也是最後一個時空了。」

「欸？什麼意思？」

「這是妳們，命運的完結。」

夏日計劃

像是公路電影中所見的場景，公車揚長而去，只留下穿著制服的三個女高中生。

「就是這裡啊。」

四周很荒涼，除了這條馬路以及幾盞看來搖搖欲墜的路燈外，沒有其他現代的產物，甚至應該要更新的變電箱也尚未被移除，說不定也不會有移除的那天。

「嗯。」

陳晞和又夏順著玲緒的視線看去，眼前是一片荒蕪，草地上有被火燒毀的痕跡，殘存的植物不是營養不良，就是奄奄一息，完全看不出是玲緒口中的「森林」。

「妳說『那個人』是住在森林裡。」

一望無際的荒原，不曉得為什麼，能想像這裡曾經草木茂密。陳晞閉上雙眼，嘗試感受此處的魔力氣息，然而是零，連殘留都沒有。別說現在了，這附近大概超過十年以上沒有人煙。

「是啊，森林裡的小木屋。」玲緒的神情很失落，「所以，沒辦法對吧？」

她要找的人，據說是「妖怪」。聽又夏轉述的時候，陳晞第一時間拒絕接受，但想想自己神之子的身分，這世界就算有吸血鬼、狼人也都不意外吧。

玲緒曾經離家出走，隨意地搭著一台公車，便來到此處。似乎是和妖怪度過了一段愉快的時光，陳晞沒有細問經過，但又夏大概清楚吧，每次當玲緒欲言又止，露出害羞的神情時，她都會在一旁眯著眼笑。

又有一種自己被排除的感覺了，但陳晞其實也並不那麼感興趣。

「社長我可沒有說沒辦法喔！」又夏拍拍玲緒的肩膀，「對吧？陳晞？」

這時候說什麼都不對。陳晞沒有直接回應，只是點點頭。她比誰都要清楚又夏的能力有多強大，要控制這片森林的時間，應該是輕而易舉。火燒的痕跡還很鮮明，大概也不需要移動太多時間，

只是，是否能照所想的，找到「妖怪」所存在的時間點，還稍有疑慮。

陳晞此時的關注點，落在玲緒的安全。先別思考她起初是怎麼遇到「那個人」的，光是一個沒有能力的少女貿然闖入樹林，就讓人很擔心了。

她從書包裡掏出瑞士刀，「這給妳。」

玲緒接下時還沒有意識到那是什麼，過了兩秒才反應過來，睜大了雙眼，「這是要做什麼？」

「防身。我設定了求救訊號，只要對著它喊我或又夏的名字，我們就會去找妳。」

陳晞說話的當下，瑞士刀亮起紅光，「緊急的時候，請別想太多，立刻使用。」

玲緒握緊小小的瑞士刀，「我知道了，謝謝妳。」

畢竟是又夏的第一個客戶，再怎麼說，都要做好萬全的準備。除了求救裝置以外，還在上頭安裝了定位，以備不時之需。擔心玲緒會覺得被冒犯，所以她不打算說，而又夏也有共識。

如果偵測到玲緒身體出狀況，隱藏式的收納空間也有應急的藥品、乾糧和水能直接取用，是真正定義上的「萬用刀」。缺點就是製作時挺耗魔力的，陳晞甚至因此睡過頭，只能到學校再吃早餐。

「那我要開始囉！」又夏作勢捲起袖子，但她穿的是夏季制服。

她先是雙膝跪下，然後在地板上畫了一個小型的魔法陣，是她最常使用的棋盤格。鮮少見到魔法使使用能力的陳晞看得目不轉睛，被藍光圍繞著的又夏還在期間找到空檔轉頭看她，「怎麼樣，愛上我了嗎？」

玲緒在旁邊欸。幸好學姊置若罔聞，神情很普通。陳晞嘆了口氣，擺擺手示意又夏專心。

本來還能聽見細微的鳥鳴，此時所有聲音硬生生被抽離，世界安靜了下來。陳晞下意識看向身旁的人，玲緒的胸口仍正常起伏，眨眼的頻率也沒有改變。

大概也和自己一樣，是表面平靜，內心狂風暴雨的類型。初次看見又夏發動能力，不管是誰都會感到驚訝。邏輯上不可能，理智上也不接受，但確實正在發生。

真的有人能控制時間。

又夏深吸一口氣，緩緩站起身。眼前所能見的荒原全覆蓋了一層薄薄的藍光，陳晞屏住氣息，大概不會再有機會能看到如此驚人的場景。

和她共享景色的玲緒脫口而出：「好美……」

下個瞬間，荒涼的草原被大樹布滿。如果不知道的話，會以為又夏的能力是種樹。植物系的魔法使要一次種那麼多樹也不容易……不對，首先又夏就不是那類型的。陳晞甩了甩頭，生物的聲音終於再次回到耳中。

「那個！」玲緒罕見地放大音量，「是我之前看到的那個路牌！」

朝她指的方向看過去，能看見一個搖搖欲墜的路牌，鐵製的部分滿是鏽蝕痕跡，感覺一碰就會掉下來，上頭的字也早已看不清，只勉強能看見「湖」字。

玲緒已經邁步向前了，而在她身後的又夏轉頭看向陳晞，然後伸出手。

「我們也走吧？」

在懸崖邊呼喚，像極了青春美少女在做的事。然而，事實也確實如此，她們是正值青春年華的高中生，無庸置疑。

又夏和陳晞站得離玲緒有點距離，前者偏過頭，說道：「妳覺得怎麼樣？」

「嗯？哪方面？」

「能找到嗎？」

「妳明就知道答案了。」

聽到有些不滿的回答，又夏輕笑出聲，從側面看去，是很美的笑容。驚覺自己的想法，陳晞將視線移回玲緒的背影。

妖怪究竟來自何方，並不重要。魔力幾近於零的玲緒尚未感受到，但在她身後的這兩人，已經感知到陌生的魔力，如果再靠得近一些，或許就能嗅到氣味。

不過她們決定站在這裡就好。再往前，就是只屬於玲緒的道路了。

「喂、喂！」雙手放在臉側的玲緒朝懸崖下喊著，「有人——不對，有妖怪在嗎？」

陳晞忍不住笑出來，總覺得那個賣力的身影，和身旁的人有些許相似。而那人雙手握著拳，嘴裡輕聲地唸叨：「加油啊……」認真的態度彷彿是自己在找尋那般。

「不回答，我就要跳下去了喔！」

喊到這句話時，陳晞必須說，這行動力還真跟又夏一模一樣。玲緒向兩人揮揮手，並用嘴型說：「謝謝。」

不曉得為何，有點捨不得。陳晞遲了些才抬起手回應，但學姊已經回過頭了。

「三！」玲緒用盡力氣大喊道，「一！」

喂喂，沒人這樣倒數的！沒來得及吐槽，玲緒就往下跳了。

本想上前，但過了幾秒後，便隱約聽見懸崖下傳來陌生嗓音喊道：「喂！」看來是用不著她們操心了。

陳晞低下頭，「我們走吧。」然而又夏遲遲沒回應，抬頭一看，才發現對方熱淚盈眶。

「欸？妳在哭？」廢話，用眼睛看就知道了。陳晞頓時想打自己一巴掌。她的雙手不知所措地抬起又放下，最後還是什麼也沒做。

停不住啜泣的又夏充滿濃濃鼻音，「真是太好了。」她向前一步，幾乎是用擠的躲進陳晞懷裡。

該怎麼做，才能安慰她呢？不過，這似乎也不是需要安慰的情境。陳晞一下、一下地拍拍又夏的頭頂，「是啊，真是太好了。」

「希望玲緒不要再回來了。」

「妳這樣講有點問題啊。」發覺又夏用自己的衣服擦眼淚，陳晞伸出食指抵著她的額頭向後推。

「疑難雜症處理社」的第一個案件圓滿結束了。沒有符合又夏的期望，玲緒在幾個月後，又回到學校上課，而她們才驚覺，學姊已經是高三的年紀，因為無故缺席了一學期，所以才和高二生一起上課。

畢業典禮時，陳晞代表高一生上台獻花給有傑出表現的學生，受獎的玲緒又再次跟她說了謝謝。

「如果不是妳們，我應該沒辦法再見到她吧。」

「都是又夏的功勞。」陳晞抬手替玲緒別上紅花，向後退時，餘光瞄見台下哭得梨花帶雨的又夏。

注意到淚如雨下的學妹，不禁輕笑出聲的玲緒彎下腰，一面鞠躬，一面說道：「妳要好好珍惜她喔。」

除了陳晞以外的人，大概都認為她跟又夏是一對吧。不過陳晞也很好奇，只是喜歡待在一起的話，究竟算什麼關係？眼前的玲緒為了喜歡的人可以直接跳下懸崖，而自己願意為又夏做到什麼程度？

陳晞不曉得該怎麼回答，只能點點頭：「歡迎妳隨時回來。」

盡頭總是突如其來，在與玲緒道別時，陳晞感受到這件事。或許哪天，和又夏的平凡生活也會迎來終結。只是如果可以的話，能拖越久越好。

否則會很捨不得的。

浴室內的水聲戛然而止，坐在書桌前的陳晞下意識看向玻璃門。接著，穿著睡衣的又夏一面走出來，一面用毛巾吸乾髮尾的水滴。發現陳晞在看她，又夏歪了歪頭，「怎麼了？」

「沒事。」

雖然發出疑惑的「咦」，但又夏沒追問，只是熟門熟路地在陳晞的床鋪坐下。雙人床上擺的兩個枕頭，枕套是兩種花紋，明顯屬於不同人，連被子都有兩條。

「最近社團怎麼樣？」

談到這個，陳晞嘆了口氣。她舉起手轉轉肩膀，「好像有點拉傷了。」

和又夏的期待相左，她沒有找回記憶。雖然射箭的時候總會有種熟悉感，但畢竟對陳晞而言，那只能稱為既視感，和發動「時間」時受影響的人所感覺的差不多。

明明不曾經歷，卻又像實際發生過。每當她的指尖觸到弓身都會感受一次。

可是，自己終究只是個普通人。和林又夏的距離橫亙在兩人之間，怎麼也沒辦法繼續靠近。

再也無法接近紅心的箭矢體現了這一點。

「簡單的療傷魔法我還可以，要幫妳嗎？」

不須回頭，又夏擔憂的神情就像直接浮現在眼前，陳晞眨眨眼，「沒事啦，不會痛，休息個一兩天就好了。」

「既然妳的手沒事，」身後的聲音頓了一下，「就幫我吹頭髮吧。」

泛著紅光的吹風機轟轟作響，隱約能聽見盤腿坐在地上的人哼著歌。陳晞坐在床沿，乖乖替又夏吹乾棕色長髮，指間和髮絲纏繞，然後滑順地鬆開。

「陳晞。」越過低沉的噪音，又夏的聲音傳進陳晞耳裡。

「嗯？」

夏日計劃

「妳很寂寞嗎？」

「怎麼這麼問？」

「玲緒走了以後，妳就常常露出寂寞的表情。」

所謂「寂寞的表情」是怎麼樣的呢？陳晞下意識將五官皺在一塊，試圖想像自己的臉會如何表現出寂寞。她想像不出來，或者該說，印象中並沒有真正感到寂寞過。

父母都離家，偌大的房子只剩自己一人時，雖然略顯孤單，但她並不覺得寂寞，因為能感受家人的愛，也有很多想做的事。

「有嗎？」實在找不到答案，所以她還是問了。

不顧陳晞手上的動作，又夏直直向後靠上她的腿，「我都有看見喔。」

她無奈地看著又夏用食指戳自己的膝蓋，關上吹風機，「那或許是吧。」

可能是某種落寞感，在送走玲緒以後驚覺到的，自己和又夏的差距。

「妳就那麼喜歡玲緒嗎？」

「……欸？」

「妳真是花心呢。」

「我沒說我喜歡她啊。」

雖然外貌上玲緒和又夏有些相像，偶爾也會在學姊的行為中看到莽撞的特質，但綜觀而言，她們的性格大相徑庭。

若是又夏，大概在被家裡通知自己要接任家主以後，就會立刻逃跑，而不是選擇配合。喔，或是在最早以前被逼著練習傳統舞蹈時，便會想盡辦法逃家。

但要說喜歡的話，玲緒就真的只是朋友，就算有好感，也是對朋友的那種。不如說，陳晞才覺得又夏可能會喜歡她。

和普通的自己比起來，怎麼說都是玲緒比較惹人喜歡吧。

本來有些懷疑又夏的距離感，但在看到她和玲緒、浩瑜的互動後，便打消了疑慮。又夏對每個人都那樣，可以親暱地挽手，也可以喝同一杯飲料。總覺得哪裡怪怪的，不過陳晞沒有注意到自己心情的異樣。

「但是就算我們一直在一起，還是常常看到妳露出那個表情。」

如果現在說「都是因為妳」，又夏會怎麼反應？應該會不知所措吧，即便是又夏，也不一定能好好面對無理取鬧。陳晞做了個深呼吸，才得以不脫口而出。

「沒事啦。」

「怎麼做，妳才會打起精神？」又夏一面說，一面撐著陳晞的膝蓋站起身，然後她張開雙臂，「抱抱？」

陳晞下意識向後退，「這就不用了。」

「抱抱。」這次不是問句。

在小學之後，就再也沒跟父母擁抱過了。想當然也沒有和別人如此貼近的經驗，陳晞甚至對自己會和人保持距離有所自覺。每次打破那條線的，都是林又夏。

她依然保持坐姿，而又夏向前了一步。有點像幼稚園老師在抱小孩那般，又夏還用手來回撫著她的頭頂。陳晞本來仍有所堅持，但在切實感受體溫後，她也抬起雙臂環繞對方。

和自己相似的氣味，卻又如此不同。那是又夏獨特的香味，和魔力的味道混在一起，有些醉人。陳晞覺得自己好像可以就這麼睡去。

就算躺上床，味道還是縈繞在鼻間。可能因為當事者就躺在自己背後吧。

「喂，妳幹嘛面壁？」

又夏戳著陳晞的背，從語氣聽得出她的不滿。

「睡姿是個人自由吧？」

「妳平常又不會這樣睡！」

身後傳來窸窸窣窣的聲音，接著，陳晞便感受到背部傳來的熱度。她握緊拳頭，咬著牙才好不容易問出口：「怎麼了？」

「這樣妳比較不會寂寞呀。」

「我才沒有覺得寂寞。」

「但妳剛剛想抱抱！」

「別偷換概念啊。」

即使嘴上這麼說，陳晞也不可能動手推開又夏。面前是冰冷的牆壁，已經無處可逃，只能嘆口氣接受現狀。

放棄掙扎，陳晞打算就這麼入眠，若睡著，便不會想東想西，也不會在意身後的人和她獨特的氣味。

在她失去意識的前一刻，又夏喊道：「陳晞。」

「嗯？」真是謝謝妳叫醒我，陳晞心想。

「謝謝妳。」

迎面而來的感謝，陳晞也搞不懂是為了什麼，「怎麼突然？」但腦袋有些渾沌，都不知道自己有沒有好好問出口。

「雖然妳可能只是為了玲緒，但還是陪我去做我想做的事，所以謝謝。」

聽到這裡，陳晞清醒過來。她大動作地轉過身，稍嫌粗魯的舉動似乎嚇到又夏，連在黑暗中都能看見睜大的雙眼。

「妳幹嘛！」沒有特別理由，又夏壓低了聲音。

其實她有退後的空間，但還是停留在原處。近得幾乎能感受到鼻息，方才覺得有些困擾的氣味，此時掩蓋了所有感官。為了讓自己清醒，陳晞輕吸了一口氣。

「所謂的『正確』，對妳而言是什麼？」

注意到陳晞的情緒，又夏也沉靜下來，「我不知道。」在句子中間，她停了一拍，

「但是總覺得，現在可以跟妳這樣說話，就代表我所選擇的沒有錯。」

和想像的回應不同，又夏總是有答案，就算她們正在不知道目的地的列車上，她也老是能告訴陳晞該在哪裡下車。和能看見未來的浩瑜不一樣，又夏似乎是認為，就算結果不理想，但只要努力，便能成為理想中的模樣。

玲緒的事情是，她口中的跨越時空也是。要怎麼樣才會相信妖怪的故事？又要如何能確定，跨越時空後，真的能找到想找的人？大概除了又夏以外，沒人能有這般自信吧。

這也不壞，因為又夏大部分時候都是正確的。

「對我來說，做妳想做的事，那就是正確的。」

沉默了一陣，又夏只是靜靜地看著陳晞，時不時眨眨眼。不知道為什麼，並不覺得尷尬，前些時間的睡意也並未回訪，陳晞就只是這麼回望。

她好奇又夏想說些什麼，但不急，如果想等醒來再說也行。直至今日，她對又夏的各個面向都略有理解了，但依舊會期待對方的下一句話。

接著又夏笑出聲，「還以為妳想親我呢。」兩人的距離近得能看清她輕顫的睫毛。腦袋轉了一圈，陳晞才意識到面前的人在說些什麼。此時燈光昏暗，但臉頰上傳來的燥熱，讓她不需要被提醒，也知道自己臉紅了。

「怎麼可能。」

「也不是不可能嘛。」

陳晞嘆了口氣，「我要說的是，不用跟我說謝謝。」她感覺到手指被對方拉住，不懂該如何反應，所以便放任了，「而且我並沒有喜歡學姊。」

「這樣會讓我得意忘形喔。」

回過神來，一切都在軌道上。又夏看似莽撞，但似乎私下與浩瑜多次討論，目前所謂的「改變計劃」順利地推進中。

玲緒臨走前，還透過家裡的關係幫忙取得不少藝文相關資源，浩瑜看起來很高興。這和陳晞想像的「改變」略有不同，但在浩瑜的長篇大論後，她接受了現狀。

討厭，所以利用它改變，不失為好辦法。

雖然心裡總覺得不舒服，但哪天就會好的。應該吧。

「明天的流程，確定了嗎？」

「嗯，許浩瑜會先過來找我們。」

「希望一切順利。」

「絕對沒問題的。」又夏再次朝陳晞的方向靠過去了一點，「只要我們一起。」

「又夏。」

「嗯？」

「不要摸我胸部。」

又夏在學校不太說話，如果她不主動開口，一整個上午都沒發聲的機率是百分之八十。然而，一到中午，只要看見陳晞朝她走來，本來面無表情的臉龐便會露出有些傻氣的笑容，打招呼也是比誰都大聲。

如果同學看到她這一面，肯定會竊竊私語，不過他們看不見。

「妳今天來早了。」不需要出手，陳晞身後的鐵門便緩緩關上。她手上拿著剛從學生餐廳買來的便當，另一手則是罐裝咖啡。

頂樓的太陽熾熱，於是兩人有默契地待在陰影處，又夏興奮地打開便當的蓋子，「剛剛看到了嗎？」

「看到了喔。」夾起紅蘿蔔，不悅的神情一閃而過，但陳晞還是勉強地放進嘴裡，「沒想到老師處理得那麼快。」

「霸凌事件什麼的，我可是很懂的。」

「妳該不會霸凌過別人吧……」

「才不是！」

「疑難雜症處理社」的第十三個案件是協助被霸凌許久的學姊。和玲緒同樣身懷特殊技藝，但也同時被其他魔法使討厭。據說書包沒有一天是乾的，皮鞋也常被偷放圖釘，因此至保健室報到數次。

她找上又夏的時候，滿臉寫著不信任。但這也是正常的，畢竟無能力者的地位要比他們還低下不少，又夏不介意。

她們把學校某一間教室布置成陰森的模樣，並利用能力，將霸凌小團體關進去。接著，陳晞因為無聊製作的機關和道具就派上用場了，秋天的動物們也幫了不少忙。

結局是小團體的首腦被勒令轉學，其他人則以大過處理。據說她們後來見到學姊時都一臉驚恐，嘴巴還會碎唸著「對不起、對不起」。

想當然，又夏並沒讓學姊知道自己是怎麼辦到的，只是在對方前來道謝時說：「這就是命運喔！」

漸漸地，和又夏說話的人變多了，但她還是僅會在陳晞面前露出那個笑容。

第二十七個案件的委託，來自理事長，等於混校老闆的那個理事長。

浩瑜知道的時候，笑得很開心。

站在純白的建築前，陳晞和又夏的心情突然變得肅穆，然而身旁的許浩瑜和秋天一臉泰然自若。不過這很正常，畢竟是她們天天要來報到的地方。

「我還以為妳會不想來呢。」聽到又夏這麼說，露出不滿神色的浩瑜偏過頭去看她。

「我是怕妳們出事好嗎？」

「好啦，」陳晞向前了一步，擋住兩人的視線，「所以我們該怎麼做？」

她至今還是不知道這兩人的感情好不好，明明隱約感覺到她們私底下會做些什麼規劃，實際相處時卻又常常針鋒相對。一般的朋友，應該會像又夏和玲緒那樣？一起傻笑，或是興奮地竊竊私語吧？

但是，那或許都只是想像畫面而已。陳晞暗自嘆了口氣，自己根本就沒什麼正常的朋友。

浩瑜的臉上掛著厚重的黑眼圈，大概好幾天沒睡上完整的一覺了。

和理事長溝通的人，是陳晞。避免出問題，開會當天隨行的不是又夏，而是浩瑜。陳晞在以前參加宴會時，見過幾次理事長，但沒對話過，畢竟是德高望重的大人物。

陳晞的父母在距離機械使街區一公里左右的地方，創立了一間專門提供給「無能力者」的學校。理事長和陳晞父母的關係還不錯，據說建校時也鼎力相助。

至於創校這件事，陳晞只是說了幾句話，母親便一口答應，甚至在兩個月內就搞定，會如此積極，或許跟林又夏也有關係。浩瑜聽聞消息時，臉色很平靜，大概早就知道了吧。

孤兒院大部分的孩子們在下個月就會入學了，陳晞還是對此感到不可思議，這是她初次覺得自己利用關係利用得正確。

「這是最大的事了。」

「嗯?」

說著話的浩瑜打了個哈欠,「這件事結束後,就真的可以過上普通學生的生活了。」

沒等陳晞回應,又夏便問道:「什麼意思?」

「就是字面上的意思。」

她不打算追問,或者說,即便問了浩瑜也不能說。陳晞只是握緊了口袋裡的裝置。

交換條件。理事長提出了讓她們自訂交換條件。

本來還以為只是開開玩笑,畢竟社團協助學生處理問題,雖然聽起來有些詭異,但陳晞認為那只是一般的社團活動而已,就算委託人換成理事長,也沒有什麼差別。

但很顯然的,這並不是一般的委託,反倒更像是指示,從理事長的表情便能判斷。當下,陳晞覺得很不舒服,然而身旁的浩瑜答應得很乾脆,沒給她反應時間。不過,即便思考過後,陳晞也不會拒絕。

「『機構』的部長,妳們見過嗎?」

「怎麼可能見過部長啊,」秋天伸了個懶腰,「我們只是底層員工喔。」

案件委託內容,超出陳晞的想像。她並不覺得區區高中生能夠解決機構部長的健康問題。但換個角度想，又不是完全不可能。魔法使能夠使用治癒魔法，可是專精的人那麼多，為什麼要找上學生呢？

但若找來一般的醫生，或許事情會有曝光的可能。

陳晞轉過頭，和浩瑜對上了視線。她總是如此成熟，偶爾聊天的時候，都能發覺她的想法要比自己還完善好幾倍。比起朋友，陳晞覺得她更像是指導者。

大概，又夏的事情並不如她本人想像的，如此神不知鬼不覺。找不能被發現能力的人，來處理不能曝光的事情，這再合理不過了。

「上樓吧。」浩瑜低下頭，「注意各自的安全。」

又夏知道全盤的規劃，但認定這只是普通需要使用能力的案件，甚至還安撫了顯得浮躁的陳晞。陳晞總覺得有些抱歉，她甚至動過把又夏一個人反鎖在家裡的念頭，但是理智不允許她那麼做，即使不談其他人的感受，又夏也肯定會生氣的。

比起門口的臉部掃描，陳晞對速度飛快的電梯更感興趣。不過八十八層的大樓，若不那麼快的話，光是搭電梯就得花上大把時間了。

「我忽然有點緊張了。」電梯門打開時，又夏勾住了陳晞的手指。

「沒事的。」會不會真的沒事，她也不敢確定，說出這句話的時候，陳晞有些心虛。但是，又夏總是能把事情導向美好的結局。與其說是相信浩瑜的能力，不如說是信任又夏。

「也是，只要我們一起，一定沒問題的。」

浩瑜翻了個白眼，而秋天嘻嘻笑著說道：「對呀對呀。」

沿著純白的走廊走到底，便是機構部長所在的辦公室。途中，有幾個看不清臉的黑衣男子路過，陳晞覺得毛骨悚然，同時又夏也收緊了手，只有秋天和浩瑜表現得很平靜，大概是看習慣了吧。

雖然看不見他們的雙眼，但他們很明顯地盯著自己。自認一點都不敏銳的陳晞清晰地感受到被監視，可是無處可逃。

嬌小的浩瑜步伐很是堅定，就連敲門也毫不猶豫，像是來過此處無數次。

厚重的門被打開，陳晞的眉頭也跟著皺緊。

偌大的空間內，只有中央擺著一張病床。四周藤蔓遍布，和外頭的景象一點也不搭，地上甚至有碎石。大概，和玲緒所前往的樹林一樣，是不屬於現世的空間。

熟悉的魔力氣味，不是出自身旁的朋友們。陳晞握緊拳頭，而另一隻手仍被又夏緊抓著。

浩瑜清了清喉嚨，「部長，您好。」

大抵是為了避人耳目，機構沒有準確的名稱，也沒有明說它隸屬於政府，更不曾對外透露過實際的業務。當然，這並不讓人意外，畢竟做的是一些剝削行為，像是抽取魔力、利用特殊能力，如果實情被大肆散播，可能會造成民眾反彈。

但也只是可能而已，會在意「自身以外的事」的人，比想像中的要少許多。

「妳們終於來了。」

聲音並非從病床上的人傳來，而是徑直進入腦海，像是直接在腦殼裡說話。奇異的感受令陳晞倒抽一口氣，然後感覺到又夏換了個牽手的方式，也只有她那種性格會在這時候還想十指緊扣了。餘光瞄見浩瑜，她什麼反應都沒有，而秋天則是滿臉困擾地敲打自己的太陽穴。

身後的大門關上時，陳晞有些驚慌。

她做了個深呼吸，讓自己稍微冷靜一點，「容器帶來了。」她一面說著，一面從口袋裡掏出容器。

利用又夏的能力令部長恢復健康，交換條件是讓浩瑜和秋天離開機構。

原本理事長的提議並非如此，條件是又夏後來才提出的。本來還以為這種無理的要求肯定會被拒絕，浩瑜在轉述時看來也十分沒把握，沒想到理事長一口答應。

現在陳晞才反應過來，為何他可以那麼迅速地接受提案。病床上的老人看來命不久矣，骨瘦如柴，皮膚乾癟得像是洩氣的氣球般裹在骨架上，圍繞在床旁的儀器無一不亮著紅光，陳晞看不太清楚螢幕上的數值，只看得出它們不斷地跳動。

在陳晞上前將容器擺到病床前時，聲音再次直接進入腦海，「好久不見了。」她有些慌張地抬起頭，然而床上的老人一動也不動，像是她在害怕著根本不存在的事物。

「我跟您應該沒見過吧？」陳晞小心翼翼地開口。

「不好說喔，妳說呢？『時間』？」

轉頭看見又夏沉著一張臉，浩瑜的臉色也同樣很糟，而秋天的身旁已經有一隻以藍色光芒覆蓋著的大獵犬。

狀況可能比想像中的還令人不安，但其他人沒有動作，陳晞也無法做出決定。現在離開還來得及，等到開始將魔力注入容器後，又夏的情況會變得難以預測，屆時或許沒人能走出這間房。

「我不認識你吧？」又夏說話時很沒禮貌，「除了許浩瑜，我可不記得我認識老人。」

「喂。」

陳晞邊打開容器，邊思考著退路。

很明顯，理事長並不保證她們的安全，但是自己的身分對他而言應該有一定的束縛，若是為了警告又夏，不會把陳家的女兒拖進來。想到這裡，陳晞安心了點。紅光映照在她臉上，隨著一聲「喀」，容器也隨之敞開，從外頭望進去，是一片無盡的漆黑。

考慮到未知的身體狀況，陳晞替裝置做了些許改造，能比想像中容納更多魔力，也就是說，又夏能為部長回溯的時間，會比平時使用能力還要長。只不過，光是維持建築的時間，又夏都得睡上一天了，很難說這一次得休養多久。

和又夏本人確認時，她表示並不介意。浩瑜阻止過她，本來理事長的提議是改善無能力者在校內的待遇，但又夏堅持得按照自己的提案，否則就不做，無奈之下，她們便和理事長建立了制約。

若成功，浩瑜和秋天就能不受限制地離開機構；若失敗，又夏就得被「徵收」。

想當然，在浩瑜的預視之下，確認過後者不會發生，但總擔心有個萬一。如果事情真的變成那樣了，她們大概會後悔一輩子。

身在機構內，浩瑜此時不能使用能力，若又夏也遭到限制，事情突然發生變化時，她們會反應不及。蹲下身，口袋裡的金屬製品卡住大腿，有點疼，但陳晞因此放鬆了些，有了這東西，即便出事，也勉強能防身。

病床上的人未再開口。陳晞朝又夏招了招手，後者踏出的步伐有些猶豫，但還是前往她身邊。

「準備好了嗎？」站起身的陳晞低聲確認，又夏在她身旁站定，點了點頭。

「數到三就開始。」

「一。」

「二。」

「三。」

因為是嚴肅的場合，又夏沒像上次一樣隨意直接數到三。

藍光迸發，高亢噪音隨之侵入陳晞的耳朵，直擊耳膜，衝擊力甚至讓她無法站穩。她沒空注意身旁人的狀況，只能摀著耳朵蹲下，隱約覺得自己撞到了又夏，擔心對方的念頭閃過，但也沒能多做反應。

無數景象劃過眼前，過多資訊一同進入腦海，陳晞感覺到肺部極力尋求著空氣，然而嘴巴和鼻子跟不上，短促的呼吸毫無幫助。

嗡嗡、唧唧、啪嚓、轟隆……能想得到的噪音通通充斥在耳裡，她覺得自己的喉頭似乎也在發出詭異的聲音，可此時管不上那麼多。

接著，就像沉入水底般，四周安靜下來，窒息的靜默勒住脖頸。身體如同綁了鉛塊，止不住地向地板靠去。

那是多年前的記憶。

不屬於這個時空，也不是上一個，是最初、最初，此時她體內的記憶碎片，尚未成為「碎片」時的記憶。

「世界樹」誕生後幾年，奧丁與弗麗嘉生下一對兄弟，取名為霍德爾與巴德爾，他們分別為「黑暗」與「光明」的化身，也是掌管者，前者所掌控的是「無」，後者則為「秩序」。

身為光明之神的巴德爾受到眾人敬愛，然而只有他的母親知道，他飽受死亡的侵擾。為了保全巴德爾的生命，能看見未來的弗麗嘉跑遍世界，花上多年，要求世間萬物發誓絕不傷害他。

因為巴德爾受人尊敬，所以沒有人拒絕。除了那株槲寄生──因為它過於弱小，弗麗嘉甚至連問也沒問，急匆匆地從它身旁經過。

自幼便看不見事物的霍德爾，作為巴德爾的兄弟，他陰暗的性格並不那麼受歡迎，即便擔任要職，但他老是自怨自艾，甚至對哥哥產生了嫉妒之情。

同時，奧丁同父異母的弟弟洛基出現了，他不滿未能從「世界樹」獲得力量，於是挑撥離間地蠱惑霍德爾。

霍德爾聽信了洛基的話，砍下那株槲寄生當作箭矢，殺死巴德爾。弗麗嘉勃然大怒，下令懲罰洛基，於是「諸神黃昏」開始了，神族與巨人族展開大戰，兩敗俱傷，世界變得一片混亂，最後諸神皆死，記憶核心成為「碎片」散落在世界各處，形成各個平行時空。

「時間」在那一刻誕生。接著，便是又夏的故事了。

和又夏一起經歷過的所有畫面，像海水倒灌般淹進腦袋，包含陳晞所知與不知。她無法抵抗過多的資訊，不過溫暖的感受也讓她不想拒絕。

然而，每個畫面的終結都是自己的死亡。

每個時空，擁有洛基「記憶碎片」的人，都會找上「黑暗」。洛基時而以獲得永生的騙局慫恿霍德爾，時而以復仇的藉口要他殺掉「光明」和「時間」。

每次的終結，都是「黑暗」獲勝。但是，變數總是「時間」。又夏總會想辦法阻止陳晞的死。或許某些時空她忘了，不過大部分時候，她都記得。

可是，為什麼呢？為什麼不惜一切、不斷地重來、不斷拋棄所有？為什麼要做到這種程度呢？

「因為我喜歡妳啊。」那是又夏的聲音。陳晞伸出手，試圖越過淹沒身體的記憶，卻撲了個空。

林又夏可以為了她付出一切。此時她在這個時空，便是最有力的證明。

在無盡的記憶洪流中載浮載沉，陳晞抓住了其中一枚碎片。那是在送走又夏後，她拋棄記憶碎片，捨棄神之子身分的畫面。烏爾德一再地詢問，她給予的答案都是肯定，在那個時空的最終，陳晞將魔力還給世界樹。

所以現在的她什麼都沒有，就只有身邊的林又夏了。

知覺逐漸恢復，陳晞感受到地板傳來的冰冷，還有撫在自己背上的溫暖。她死命地爬起身，或許看來有些狼狽，但陳晞並不在意。

她從口袋裡掏出黑色手槍，對準了病床上的人。然而，身旁的人迅速地壓下了她的手。

「陳晞！」拽住陳晞手臂的又夏幾近低吼，「不行！」然後她伸出另一隻手，抓住冰冷的槍械。

稍微冷靜下來後，陳晞想起了此行的真正目的，才心不甘情不願地放開手槍。病床上的洛基大概連嘲諷的力氣也沒有了，一語不發。就這麼放著他不管，大概撐不了多久也會死亡。

陳晞的記憶碎片，在放棄神之子的身分後，應該所剩無幾了。即便如此，她還是認為自己能活得比眼前苟延殘喘的人更久。

「殺了他也行。」身後的浩瑜開口，陳晞轉過去看她時，她回以一個微笑，「沒事的，不用顧慮我們，陳晞。」

許浩瑜一定知道最終的答案。

理性知道她不能說，但陳晞還是希望浩瑜能告訴自己到底該怎麼做。她覺得雙手緊握得掌心都疼了，就算知識再怎麼豐富又有什麼用？這本就不是個能用常理判斷的世界。

被耍了。這世界就是個鬧劇。失火也好，自己的死也好，源頭通通都是眼前這個垂老病人的所作所為。神？別開玩笑了，只是個小丑而已。

陳晞終於聽懂張哲瀚在說些什麼，「我們就到此為止了」是因為自己放棄了大半的記憶碎片，如果她還是「光明」的話，相對的「黑暗」也仍會存在，一切就會重蹈覆轍。

陳晞不禁覺得可笑，她根本不記得自己為何那麼做，或許是累了，或許是也在等待所謂「命運的完結」。

她根本就不在意。

仇恨是「霍德爾」與「巴德爾」、「洛基」的故事了，只是握有一小部分記憶碎片的自己，根本就不在意。如果這個世界沒有又夏和浩瑜，那迎來世界末日，陳晞也一點都不介意。

是因為有她們，她才會想著要改變世界。是啊，沒有林又夏的話，世界改變與否，都跟她無關。但是她們約好了。

在長得令人窒息的沉默之後，又夏開口：「我會救他。」

她手中握著陳晞剛剛已經打開保險的手槍，「這是我們本來的目的，不是嗎？」說完，又夏將那把槍放進口袋，大概是怕陳晞奪去。

她蹲下身，拿起已經裝滿的容器，轉頭對陳晞說：「轉換裝置也要拜託妳了。」

將裝滿又夏魔力的容器與轉換裝置連結，並且加以施放能力，便能控制單體的時間，經由維持孤兒院的狀態，她們知道方法確實可行，連此時，又夏也在為孤兒院發動能力。利用在人類身上，好處是不需要「維持」，若想恢復健康，只要倒退回無恙的時間點即可。

又夏認為不會太麻煩，雖不自負，但她足夠有自信。即便對方感覺就是危險人物，可是為了許浩瑜跟秋天的自由，她願意賭一把。

然而她忘了，或者該說她本就不曉得，躺在床上的並非普通人。資訊落差是最可怕的事。比較聰明的兩人，一人此時無法保持冷靜，另一人則是就算知道會發生什麼事，也不能輕舉妄動，而秋天的能力對現況沒有幫助。

要讓「部長」變得年輕，所凝聚的記憶碎片比想像中的還要多。和平時游刃有餘的狀態不同，被光點圍繞著的又夏皺起眉頭，腳邊的魔法陣忽明忽暗。

被逼著組裝起裝置的陳晞咬著牙，她隱約覺得會有壞事發生，可是自己並不持有任何阻止的能力。在感到又夏會有危險的這一刻，她有些後悔上個時空所做的決定。

「妳想起來了嗎？」不是錯覺，又夏說話時真的有些上氣不接下氣。

部長原本乾癟的皮膚以肉眼可見的速度變得平滑，光澤逐漸恢復，彷彿是在見證奇蹟，但陳晞一點也開心不起來。儀器的數字不再跳動，雖然無法判讀，可是直覺告訴她這是變得健康的意思。

「大概吧。」陳晞捏緊制服裙，視線不敢離開又夏，生怕自己會弄丟她。

「啊，那妳也想起來那個了？」

為什麼裝作沒事一樣地聊天？陳晞忍住沒有發問，和又夏一樣平常地回應：「哪個？」

「妳喜歡我的事。」

「啊，嗯。」

翻閱過往，絕對不是只有自己一廂情願，但是眼前的又夏只擁有兩個時空的記憶，如果說「妳也喜歡我」就太像是在逼迫她了。陳晞此時並不想思考這類問題，和又夏之間的事，等完好無損地離開後，再談也不遲。

「喜歡」如同上個世紀使用的詞彙。那些記憶太過陳舊，甚至都像別人的，陳晞沒有實感。但是看著此時的又夏，感覺卻又如此鮮明。

這或許就是命運吧。無論相遇幾次，最終都會栽在林又夏手裡。不管她喜不喜歡自己，不管結局如何。

「那就好。」

床上的人坐起身，和又夏的狀態相反。在說完話的下一瞬間，又夏失去力氣，跪坐在地板上，「那就好。」她反覆說著。藍色光點消逝在空氣中，原本充斥鼻腔的魔力氣味，不知何時換成了讓人不悅的惡臭。

急忙蹲下身的陳晞有些不知所措，「又夏，妳還好嗎？」她轉過頭想求助，卻發現浩瑜和秋天消失無蹤。

「浩瑜呢？」扶著又夏，以免她直接跌落地板的陳晞壓抑怒氣，好不容易才問出問題。

「按照制約，讓她們離開了喔。」一頭黑髮的男子笑著跳下床，來到兩人身邊。他彎腰查看又夏的狀況，唇角的弧度惹人生厭，「總感覺有點抱歉呢？」

他站直身子，回望露出兇惡神情的陳晞，聳聳肩，「這不能怪我啊。是妳們自己下的制約吧？救我，或者『徵收』。」他輕笑著，「現在沒事了，妳們可以走了。喔，她大概走不了了，真是抱歉喔。」

在男人說話的同時，厚重的門也隨之敞開。門的另一頭是來訪時所見的白色長廊，和陳晞她們身處的異空間有著很大落差。

陳晞下意識摸向口袋，才想起武器被又夏收走了。低頭一看，發現對方死抓著口袋裡的手槍，彷彿怕自己會搶。

「不行。」在陳晞伸手的時候，又夏氣若游絲地說道：「我們約好了吧？」

面前的男人，生來就是為了搬弄是非。

從已經虛弱的女孩子手中拿過物品，對恢復規律運動的陳晞而言並不難。她輕鬆地拿過手槍，甚至不需要再開一次保險。

陳晞站起身，手中的黑色金屬被金色和紅色的光芒包圍。

她喊了聲：「洛基。」走向門口的男人停下腳步，但沒有轉過身，只是偏過頭，用餘光瞄向陳晞。

「該叫我部長喔。」

「這是第幾次，你知道嗎？」

「……第幾次？」

「是啊。」陳晞抬起雙手，將食指放在扳機上頭，「這是第幾次的『諸神黃昏』呢？」

槍聲迴盪在偌大的空間裡，藤蔓上的樹葉因為衝擊力而微微晃動，陳晞覺得手臂隱隱作痛，方才似乎聽見了又夏的聲音，但她什麼也顧不上。

眼前高挑的男人應聲倒地，物體和地面碰撞的悶響讓陳晞回過神。

「我們走吧。」她一把將又夏抱起，「這次讓妳摸胸部喔，又夏。」

28

「妳真會鑽漏洞呢。」浩瑜趴在圍牆上，「讓他恢復健康，但沒說不殺他。」

她偏過頭去看陳晞，對方心虛的表情令她笑出聲，「果然還得是妳。」

事發經過兩個月，浩瑜和秋天在當天就被從機構除名，身上的制約印記也隨之消失，而機構在失去部長以後，似乎原地瓦解。至於政府是不是又另外建立新的機關，她們雖然很頭痛，但現在並不想處理。

至少，世界有那麼一點點改變了。

夏日計劃

「『制約』就是用來讓人鑽漏洞的喔？」

「那麼，妳都想起來了嗎？」

「嗯？」靠坐在圍牆邊的陳晞摸摸下巴，「啊，是想起來一些了，但不太完全，大部分還是像別人的記憶。」

「因為個性差很多嘛。」浩瑜聳聳肩，「所以妳一定不能理解妳自己的某些決定。」

「可能吧。」陳晞闔上小說，「可是，真的有差那麼多嗎？」

天氣很好，氣溫適中，伴隨微微秋風，適合小憩。睡姿豪邁，躺在陰影下的秋天已經陷入熟睡，浩瑜坐下時看了她一眼，表情很是無奈。

離開機構，想當然也會失去政府的補助金。受不了天天跟她要錢的老爸，浩瑜和秋天一起租了間套房，為了支付租金、學費，兩個人分別在鯛魚燒店和冰店打工。冰店老闆娘洪姊很喜歡偶爾會來找秋天的浩瑜，聽聞她是又夏的朋友後，每次都會多請她一份甜點，讓浩瑜的體重又漸漸上升了。

但是秋天不介意，反倒覺得圓滾滾的比較可愛。洪姊對浩瑜肆無忌憚地上下其手，才最令她覺得頭痛。

不過，她們還是沒有交往。就算秋天又問了好幾次，浩瑜的答案都一樣。

「說說而已。」浩瑜拿過陳晞手上的小說，「我覺得，妳還是妳喔。」

「我就當作妳在稱讚我了。」

「這就太自戀了。」她出拳打了一下陳晞的手臂，「但這樣也不糟。」

又夏也離開了。

陳晞抱著她步出機構的時候，與前個時空見過的「世界樹」恰好遇上。不如說，「世界樹」正是來找又夏的。一頭白髮的婦人，慈祥的面孔沒有一絲責怪，她一抬手，又夏便從陳晞懷裡化成光點飄散。

「謝謝妳，巴德爾之子。」

陳晞愣愣地看著漂浮在空中的藍色光點，然後握緊拳頭，「我已經放棄那個身分了。」

婦人輕笑著說道：「我知道。謝謝妳。」

在對方轉身之前，陳晞抬起頭，「……又夏會去哪裡？」

「這就要問妳囉。」婦人一面說，一面向前走，「妳們總是會找到彼此，不是嗎？」

從腳部開始，她逐漸化成亮黃色的光，「我很期待妳們的相遇。」

然後，便消失在陳晞的視線裡。

學校生活一如往常，只是沒有又夏在，「疑難雜症處理社」的營運因而陷入困難，浩瑜總是忙得焦頭爛額。因為還有弓道社的活動，陳晞無法時常幫忙，她有些抱歉，甚至問過浩瑜要不要放棄。

浩瑜一秒也沒猶豫，馬上回應：「怎麼可能啊，這可是她的夢想喔。」

失去又夏後，「時間」不受控制，她們沒能阻止孤兒院的火災。陳晞趕在完全燒毀前回收了容器，方形的裝置拿在手中還能感受到一點又夏的魔力，總讓她鼻酸。

除了學業和社團活動，陳晞偶爾也會去父母所建立的無能力者學校看看。目前收容的學生，大多都是小學年紀的孩子，不少也來自又夏的「家」。和「職業」與「能力」導向的魔法使、機械使學校不同，在這間學校，除了能普通地吸收學科知識外，學生還可以自由地多方接觸各種職業相關的技能，就算沒有魔力，可以做到的事情也還有很多。

除了聘請已長大成人的無能力者來擔任教師，學校還經常會邀請像浩瑜那樣的優秀學生，但不是來演講，而是跟他們一起上課、分享經驗。聽說浩瑜每次去，都會被當成同輩對待，她為此每天都多喝一瓶牛奶。

最重要的是，這所學校不需要學費，想當然良好的學制也上了新聞，「無能力者」的地位議題因此重新搬上檯面。而站在講台上極力為他們爭取福利的人，是陳晞的母親。

陳晞這才意識到，還是有很多值得信賴的大人。他們不用是神，不需要有什麼特殊能力，只要願意聽孩子說話，也願意想辦法，將不可能化為現實。

世界漸漸在改變。陳晞覺得自己好像也在改變。

聽說是妖怪想喝不同的酒，所以玲緒回來過幾次，但每次都沒能見到又夏。隱約察覺事情不對勁的她，在最後一次見面時，將自己的髮飾摘了下來，放到陳晞手中。

「這是？」手上的髮飾一看就價格不菲，陳晞有些慌張。

「下次見面再還給我吧。」玲緒笑起來的時候，果然和又夏有些相似，「要一起來喔。」

「……謝謝。」

但是，真的能見到又夏嗎？

即便離開了機構，浩瑜還是不能隨意透露用能力所見的未來，不過她看起來並不擔心，社團活動讓她兩天沒睡時，還會咒罵又夏。

「不是妳說不能放棄的嗎？」秋天提出疑問。坐在一旁的陳晞不敢吭聲，才沒有被暴行波及。

最後，社團辦公室被弄得一團糟，陳晞邊笑邊整理，秋天則是不斷地向浩瑜賠不是。

每個人都在慢慢向前，步伐不一，但都走得很堅定。於此同時，在等又夏的人，比想像中的還多。想到這裡，陳晞就覺得舒坦了些，但也有點生氣。

妳這傢伙，該回來了吧？

似乎想起又夏的日子，總會是好天氣。是因為相遇時正值夏天嗎？陳晞拉拉牛仔外套的領子，風的溫度逐漸轉涼了，但豔陽依然高照。

已經有許久不曾和又夏一起度過冬天。

她還好嗎？穿得夠嗎？陳晞不禁有些擔心，又夏當時從孤兒院帶來的禦寒衣物仍和花瓶一起待在那間客房，書包也一動不動地擺在原處，其他物品更是不曾動過。

顧及學校的營運，父母回家了，但他們並沒有多做評論。陳晞慶幸自己的家庭關係還算和樂，他們回來的那天，什麼也沒說，只是揉了揉女兒的頭頂，大概也知道她做了些不得了的事吧。

問題最多的，就是花店老闆了。

「小妹妹，妳要送給誰的啊？」他一面替陳晞包裝花束，一面說道：「白色的百合，品味很不錯喔！」

本來想傻笑帶過，而她也這麼做了，笑得自己都尷尬了。但老闆又接著問：「是誰那麼有福氣？」

陳晞隱隱嘆口氣，如果是又夏的話，會怎麼回答？她稍微想像了一下，可是都不會是自己能說出口的答案。

「這世界上最偉大的人喔。」陳晞說道。

捧著那束花離開花店，她還多給了老闆小費，並不是感謝他的多話，而是能讓自己替又夏下一個準確的註解，感覺不錯。

時間不停地流逝，用這種方法判斷又夏存活與否，陳晞偶爾會覺得殘忍。明明又夏是個活生生的人，但此時卻只得用「時間」作為代稱。她去哪裡了？會回來嗎？如果能早點知曉，那自己也不會感到如此痛苦了。

但是，對又夏而言，不斷地重來，才是最為痛苦的事吧。自己所經歷的，也只是她的萬分之一而已。

乘上那班列車，是無數個時空中，都曾和又夏一起搭過的班次。窗外是不斷向後退的景色，陳晞撐著下巴欣賞。鐵路便當的香氣飄散在車廂裡，她聽見從肚子傳來的聲響，所以向服務員買了一份。

水煮蛋放進嘴裡的時候，眼淚奪眶而出。陳晞向後靠上椅背，雖然那些記憶都變得泛黃了，但也不會改變共度的每個時刻。

她用手背抹掉眼淚，「還是比較喜歡滷蛋……」

登山步道在地震過後崩塌了大半，陳晞一面走，一面利用能力清除落石，然後蓋出

夏日計劃

臨時路徑。這對現在的她而言並不困難，想必專業人士更是得心應手，然而因為鮮少有遊客來訪，所以政府並沒有特別指派人處理。這樣走一趟，大概就能清理完畢了，陳晞在心裡盤算著該跟誰收取酬勞。

讓她更累的，反而是感覺沒有盡頭的步道。

進入弓道社後，時常會需要做體能訓練。陳晞以為這樣，自己的體力就會變好，但這條步道徹底打垮了她的自信。大部分的人，至少陳晞以外的人，爬山都是為了運動，何況此處人跡罕至，更不可能有運輸裝置，因此想上山只能認命地靠雙腿前行。

氣喘吁吁地踏上最後一階，涼風朝她吹來，陳晞下意識縮了縮身子，她可不想感冒。低下頭看，手上的那束花還完好，她安心地呼出一口氣。

直至走到樹下，她才發覺，本該枯萎的樹此時無比茂盛。

陳晞在樹蔭處坐下，仰起頭，湛藍的光和亮黃色澤混合映照在她的臉上，粉色樹葉隨風飄動，沙沙作響。直覺要她握緊那束花，但花束依然消逝為藍色的光點，掌心僅剩空氣。接著，熟悉的魔力氣味圍繞四周。

本來並沒有抱任何希望。只是聽了浩瑜的提議，覺得來走走也不錯。買花也不是刻意為之，只是突然想送她花。

只是突然有點想念她而已。

「啊，奶奶！怎麼這樣！」身後傳來不悅的聲音，「我也想要花啊！」

陳晞猛地轉過身，和方才出聲的人對上視線。表情大概很難看，但她已經顧不了那麼多。

察覺到對方半句話也說不出來，又夏向前了兩步。她的笑容一如往常，彷彿從未離開。或許，她真的不曾離開。

「好久不見，陳晞。」

（第三季　完）

番外一：六月的櫻花

畢業那天，有一群人圍繞著林又夏，每個人都在哭。他們多半都曾被「疑難雜症處理社」協助過，有男有女，大部分都是同年級生，還有幾個被調往無能力者學校的老師也特地回來。

許浩瑜待在位置上，神色不悅，秋天抱著一堆餅乾，問她想吃哪種，而陳晞只能在旁邊乾笑。

不曉得是不是感覺到怨氣，又夏轉過頭，朝她們使眼色。浩瑜嘆了口氣，「小晞，妳不去幫她嗎？」

「呃，我覺得……」一面說，一面站起身的陳晞有點不知所措，「要嗎？」

「妳再不過去會被她罵唷。」說完，秋天比了個大拇指，表情看來很期待陳晞被罵。

但又夏被那麼多人簇擁的畫面，總覺得有點不想打斷啊。

因為「神隱」的關係，又夏會比她們晚半個學期畢業。她本人似乎對此很受傷，但也沒辦法，畢竟她確實消失得有點久。回來學校後，為了跟上課業，又夏很頭疼，幸好

夏日計劃

陳晞願意協助她。
只不過，又夏最終還是搬離陳晞家了。雖然陳晞的母親想留她下來，但又夏仍執意要離開，「我會不自在啦。」嘴上這麼說，不過大家都知道，她只是不想帶給他人麻煩。
沒有了孤兒院可以回去，秋天和浩瑜的租屋處也擠不下更多人，她獨自在外頭租了間小套房。在陳晞的堅持之下，由她先幫又夏負擔房租，她也用這個理由，硬是把花瓶放進了又夏那不大的房間裡頭。
「交換條件是每天都要一起吃晚餐。」
又夏的表情很是猶豫，「那，要下制約嗎？」
「不用！」

回到畢業那天。
在浩瑜的勸說之下，陳晞還是打斷那群人，從中把又夏拉出來。又夏鬆了一口氣，其他三人甚至覺得在她臉上看到了早晨時還沒有的黑眼圈。
步出教室時，她的腳步略顯疲累，「果然，還是不習慣那麼多人跟我講話啊。」
「以後會越來越多的。」陳晞遞了瓶鋁罐給又夏，「要慢慢習慣才行。」
初夏的陽光很刺眼，陳晞的制服上別著和浩瑜一同獲得的胸花。紅色塑膠花隨著微風輕輕飄動，底下還寫著「傑出學生」四個大字。當時上台為她別上的人，正巧是又夏，想必是畢業委員秋天的刻意為之。

又夏指尖的水珠沾上陳晞的手心，冰涼的觸感令後者有些驚訝，但還是好好抓住了比自己小了點的手。

將鋁罐貼上臉頰，又夏嘟著嘴說：「妳又要比我早走一步了。」

「我覺得我們是半斤八兩喔。」

離開校門前，陳晞停下腳步，被她牽著的又夏也只得駐足。她回過頭，看著刻在柱子上的校訓，然後把胸花摘下，丟進一旁的垃圾桶。

「怎麼了？」

陳晞搖搖頭，「走吧。」

這是最後一次放學走在這條路上，也是最後一次和又夏穿著同樣的制服了。雖然幾個月前就有所準備，但仍覺得有些不捨，到現在都還沒做好心理建設，陳晞覺得自己有點幼稚。

不過也沒辦法吧？畢竟，她們不會，也不想再重來了。如果真的回到高一，別說又夏，浩瑜大概會先氣到神經失調。

「所以，妳知道為什麼妳不受我的能力影響了嗎？」

「因為和妳有關的記憶碎片比別人多一點吧？」看著不停倒數的行人號誌，陳晞若有所思，「魔力量也取決於記憶碎片的數量……」

又夏饒富興味地看著思考中的陳晞，「哦。」

「我也只是猜的。」察覺對方的視線，陳晞覺得自己的臉頰似乎正在變燙，「錯了嗎？」

「我不知道啊。」又夏拉了拉陳晞的手，示意她過馬路，「不是說了嗎？希望妳告訴我。所以，不管妳找到的是什麼答案，我都會相信。」

不知為何，總有些不服氣，但要對喜歡的人生氣，陳晞做不到。她只能點點頭，「我會繼續找的。」

下午的公園沒什麼人，健走的中年人仍在上班，會來玩的小孩子也尚未下課。此時的寧靜，是獻給畢業生的。雖然又夏還沒畢業就是。

沿著步道向前走，她們來到過去常一起看煙火的小山丘。很少在白天來訪，陳晞覺得蠻新鮮，不停東張西望，看著有點像小孩的她，又夏忍不住笑意。

擔心陳晞受傷，她率先伸出手撥開草叢，映入眼簾的是一片小平地。為了今天，秋天前幾日來整理過了，旁邊還擺著手提箱，野餐的用具都放在裡頭。

又夏從箱子裡拿出野餐墊，「她們還要多久啊？」

「嗯，大概要一陣子吧。」紅色的光點漂浮，漸漸變成實心的線，然後合成一個正方形物體，陳晞伸手穿過它，拿出了一個竹籃，放到又夏鋪好的野餐墊上。

雖然大家剛剛都顧著感謝又夏，但浩瑜也是「疑難雜症處理社」的一大功臣。不如說，若沒有她的建議，社團便不會成立，而又夏消失的那段時間，也是浩瑜一個人撐起社團。在離開教室之前，又夏提醒了大家這回事。

所以，陳晞記憶中教室的最後一個畫面，是浩瑜被團團包圍。蠻好笑的，但可以成為永遠的回憶，感覺不賴。

又夏俯身掀開餐籃的蓋子偷看，「還熱騰騰的耶，好厲害！」內容物是她今早準備的三明治和飯捲，還有幾樣秋天想吃的炸物。

「只是普通的收納魔法而已。」陳晞在又夏身旁坐下，然後抬起頭，「啊，都凋謝了。」

「什麼？」順著對方的視線看去，又夏疑惑地問：「櫻花嗎？」

「對啊。」

算算時間，恰好花期過了。雖然本來也並不會特地賞花，但都來野餐了，果然有的話會更好吧。想到這裡，陳晞總覺得聽見身旁的人在竊笑。

她皺起眉頭，「笑什麼？」

「妳想看嗎？」

發現對方的意圖，陳晞晃晃頭，任由她勾住自己的手，「有的話就看，沒有也沒關係。」

「嗯！」又夏輕快地回應。

本來只有孤零零樹枝的櫻花樹，轉眼間開滿了花。

不管看過幾遍，都還是覺得很震撼。但是有點意外，櫻花居然沒有味道。陳晞忍住沒說出口，否則一定會被對方批評自己沒有浪漫氣息。

粉色落在陳晞手裡，不現實的色彩讓她脫口而出：「好漂亮。」她盯著那枚花瓣，不自覺地微笑。

「對吧？」又夏抬起手，也接住花瓣，然後放到陳晞手裡，「這個，當作是回禮。」

「啊，我會再買一束花給妳的。」

「不用啦，」又夏伸了個懶腰，「下次開花再一起來看吧。」

升上大學後，就會暫時離開這個地方了。有點捨不得，卻也滿心期待，自己已經很久沒有對未來如此憧憬了。陳晞一面想著，一面把方才那兩片花瓣放進胸前的口袋。

只要再等半個學期，又夏便也會去到同一所學校，所以對於分離，陳晞沒有太多感想。浩瑜和秋天錄取的學校在隔壁市，搭車也不需要太久，想見面的話，約個時間就可以。

所以只有期待而已，上了大學的又夏，會是什麼樣子呢？一定會比現在更懂得打扮，然後，好好過上大學生活吧。不僅是大學生的模樣，成為社會人士以後的又夏會是怎麼樣，也令人十分好奇。

而自己又會成長到什麼程度？陳晞呼了一口氣。

「妳在發呆喔？」

「沒有啊。」盤腿坐讓腿有點麻，陳晞換了個坐姿，但沒放開手，「在想以後的事。」

「以後啊……」又夏若有所思地點點頭，「我好像從來沒想過。」

不知為何有點讓人受傷，陳晞苦笑著。自從開始會想像以後的生活，就沒有一個景象是又夏不在的。無論什麼事，陳晞總是想著「如果可以跟她一起」，但確實，她沒思考過又夏究竟是怎麼想的。

說不定這傢伙一上大學就如脫韁野馬一樣，整個月都聯絡不到也不一定。

又夏接了下去，「但是，如果可以一直跟妳在一起，就什麼都不用想了。」說完，她偏過頭看陳晞。

「最好還是想一下吧。」

「怎麼樣？」因為陳晞滿臉通紅，又夏笑得很開心。她舉起兩人交握的手，「我很麻煩的喔。」

「這種事我早就知道了。」

早在幾百、幾千個時空之前，就已經知道了。

夏日計劃

「哇哇！」

「喂！秋天！我就說了，她們在——」

抱著兩瓶飲料的浩瑜緊跟著秋天，從後頭追上來，但還是慢了一步。越過草叢，映入眼簾的是一臉尷尬的秋天、故作自然的又夏，以及臉紅得像要燒起來的陳晞。開得茂盛的櫻花樹在後方隨風搖曳。

浩瑜乾笑了兩聲，舉起手中的寶特瓶晃了晃：「有人要喝柳橙汁嗎？」

番外二：遠方的歸處

脫去沉重、快將人壓垮的傳統服飾，從家裡逃跑了。

搭上末班車的玲緒，這還是第一次搭公車，搖搖晃晃中，她陷入深度睡眠。醒來時已經是深夜，從車窗往外望，一片閃著淡淡藍光的茂密森林映入眼簾，她愣了一會，趕忙按下下車鈴。

搖搖欲墜的路牌，鐵製部分滿是鏽蝕痕跡，感覺一碰就會掉下來，上頭的資訊十分模糊，但勉強辨認得出寫著「酒吞湖」。輕輕撫上那三個字，玲緒深吸一口氣，森林中有著陌生的魔力氣味，可是她並不討厭，反倒有種不知從何而來的熟悉感。

那枚代表著家主繼承人身分的黃色髮飾，就這麼被她丟在路邊。

沿著被雜草覆蓋大半的人行道前行，月光是玲緒此時唯一仰賴的照明。她瞇起眼睛，生怕被昆蟲或是動物襲擊，腳踝被雜草割傷了幾處，但習慣了傳統舞蹈帶來的運動傷害，這點疼痛不算什麼。好幾次，玲緒都停下腳步往後望，直覺告訴她這裡很不妙。即便如此，她仍不想回頭，要是回到那個家，下場也不會比在野外遭遇危險還要好。

循著魔力氣味的方向，玲緒捏緊書包的背帶，硬著頭皮往前走。接著，雜草逐漸換成白色的小花，越來越像有人打理的痕跡。人行道的盡頭，是一座被藍光圍繞的墓碑，而那處也正是這股魔力氣味的來源。

直覺要她接近那座墓碑。帶著一點害怕的心情，玲緒彎下腰端詳墓碑，四周被整理得一絲不苟，像是有專人固定清掃一樣，乾淨得能反射皎潔的月光。

「冬去春來……」她唸出墓碑上刻著的字，最下排則因為被一束花擋住，玲緒得蹲下身，才得以看清。

花村玲緒。

她倒抽了一口氣。

比方才更加濃厚的魔力氣味從身後靠近，玲緒下意識回過頭，和一雙紅色的眼睛對上視線。那人身穿紅藍相間的古老服飾，腰側一邊掛著兩個葫蘆，另一邊則是打磨得細緻的小刀。一頭金髮，瘦削的臉龐很是白皙，額前長著一隻角。

等等……玲緒瞪大了雙眼，「角？」她不禁脫口而出。

再次睜開眼，見到的是吊著油燈的木製天花板，隱約還能嗅到好吃食物的味道。玲緒揉了揉眼睛，等腦袋完全清醒後，才驚覺這裡並不是家裡。她猛地坐起身，便看見長著角的人正在舊式爐灶前忙碌。

要逃跑嗎？等下會被吃掉嗎？反覆思索之後，她決定掀開被子，躡手躡腳地下床。

本來想穿上皮鞋，卻發現少了一隻，取而代之的是草鞋。

還在東張西望時，就被對方的聲音打斷，「鞋子的話，」那人沒有轉過頭，只是拿起湯匙試喝鍋裡的湯，「剛剛好像弄丟了，妳先穿我的吧？」

玲緒乖乖地坐回床沿。她撫上隱隱作痛的後腦杓，摔倒撞上墓碑，然後昏倒，應該沒人比自己更笨了。看著那個人的背影，除了角和不符時宜的穿著以外，她和一般人類沒有什麼差別。

是妖怪吧。直覺這樣告訴她。

玲緒正想開口，那個人便轉過身，端著碗朝榻榻米上的矮桌走去。她在榻榻米上坐下，接著向玲緒招招手。

「能站起來嗎？」

「欸？嗯，可以。」

妖怪。就先這麼稱呼她好了。妖怪的眼睛很漂亮，雖然是紅色的，但並不讓人覺得可怕。看著那雙眼睛，好像就沒辦法拒絕她任何要求，這一定是妖怪的魔法。玲緒壓下心裡的異樣感，在妖怪對面的位置坐下。

妖怪身後的牆面，掛著一件和她身上的服飾相差甚遠，像是制服的深藍色衣裝。因為布料的色澤太漂亮，玲緒不禁有些看傻了眼。

「雞湯，不喝的話會涼掉喔。」妖怪撐著下巴，將碗往玲緒的方向輕推了一點，這讓玲緒有些慌張，「啊，好的！」

太好喝了。即使她昨天才喝過類似的湯，也沒有特別的調味，但眼淚還是止不住地掉下來。對方沒有反應，只是維持著相同的姿勢看著玲緒。

等到她稍微平靜下來後，妖怪才開口：「那是學校制服嗎？」

「制服？」順著妖怪的視線，玲緒才知道指的是自己身穿的衣服，「是的。」

「妳有在上學啊，真好。」

用手背抹去眼淚，玲緒說起話來有點鼻音，「什麼意思？」回想在學校的經歷，她可一點都不覺得好。

自從妖怪搭話後，玲緒的恐懼之情就煙消雲散了。不曉得是因為略顯散漫的語氣，還是聲音太過輕柔的緣故，也有可能是說話時虎牙若隱若現的關係。眼前的人印證了，可怕跟可愛只有一字之差。

「以前，有些人是無法上學的唷。」妖怪向後看了一眼牆上的衣服，「只是因為有能力，就被強迫著要做很多他們並不想做的事。」

「這種事，現在還是持續在發生喔。」玲緒仰頭將碗裡的湯喝完。

十年、二十年，甚至五十年後，都還是會繼續存在的，讓人痛苦又無法逃離的事實。眨著眼的妖怪沒再多說什麼，只是拆下腰間的葫蘆，然後喝了一口，濃濃酒味撲面而來，讓玲緒皺了皺鼻子。

「想問什麼？」妖怪拿過擺在桌角的手帕，將溢出嘴角的醇酒擦去，「給妳三次機會。」

覺得自己被看透的玲緒握緊擺在腿上的手，「請問，我是死了嗎？」

「不是。」似乎是覺得好笑，妖怪的嘴角微微上揚，「怎麼這麼問？」

「因為——」

「啊，墓碑嗎？」她若有所思地站起身，將掛著的制服取了下來，然後擺在自己身前，展示給玲緒看，「那裡面，是這套制服的主人喔。」

「可是……」名字跟我一模一樣啊。本來想接著說，但看見妖怪臉上的悲傷神情，玲緒硬是把話吞下肚。藍色光澤在偏黃的油燈照射之下仍然奪目，就算不親手碰，光用看的也能感受到布料精緻的質地，令人不禁想像起穿著那件制服的女孩，肯定很漂亮吧。

妖怪坐了下來，制服被她抱在懷裡，「好了，第二個問題。」

「妳是……」玲緒在腦中猶豫措辭，「什麼生物？」

不過就算斟酌過，好像也沒有更禮貌的說法了。

「跟妳想的一樣，我是妖怪。」玲緒的表情變化令她頓了一下，「雖然不到千年老妖怪的程度，但也三百一十七歲了。」

看來無法獲得更多有效資訊。回望妖怪平靜的面容，玲緒找不到任何對方在開玩笑的跡象，她額前引人注目的角也印證了答案。

「還有想問的嗎？最後一個問題。」妖怪望向外頭，天空已經有一角逐漸明亮，「問完，妳就得回去了。」

「如果一直不問的話，就可以待在這裡嗎？」玲緒再次握緊拳頭。

「妳得回去喔，玲緒。」

不曉得為什麼，看著那雙眼睛，一股莫名的熟悉感油然而生，令自己無法隱藏內心的想法——她想留下。即便心裡清楚對方不會給予肯定的答案，玲緒嘆口氣，分明早已習慣跪坐，腿卻開始麻了。

「那件制服的主人，是怎麼樣的人？」

妖怪輕笑出聲，「妳真是狡猾啊。」

「欸？」突然被罵的玲緒摸不著頭緒。

「是很長的故事喔。」

跟妖怪說的不一樣，故事並沒有很長，不過，沒講出口的部分一定比想像中更多吧。

三百年前，有一個備受魔物和妖怪侵襲的小國，因應威脅，國家有著「治安隊」和「防衛隊」的存在。治安隊由十二至十八歲，持有攻擊魔法的少女們組成，防衛隊則以男性為主，負責建築城牆。

那件制服的主人，正是當年治安隊的副隊長。

「而我是隊長喔。」在陽光下的妖怪顯得有點違和，但是笑起來的樣子很好看，卻莫名讓玲緒有些揪心。她撥開草叢，示意玲緒向前走。

越過木製的柵欄，踩著草鞋的玲緒抬起頭，一片澄清的湖面映入眼簾。她不禁睜大雙眼，彷若世外桃源的景象，太過不真實，她甚至想打自己兩巴掌，確認此時不是在做夢。

「很漂亮吧？」像是猜到玲緒的想法，在她身邊停下腳步的妖怪，說話時帶著一些驕傲，「這是玲緒最喜歡的地方——啊，不是妳。」

「她一定是很溫柔的人呢。」

「是啊。」

「玲緒」十六歲那年代替隊長出任務，被魔物弄傷了持刀的右手後，便從治安隊引退，而有著一半妖怪血統的隊長也因為失控導致完全妖化，雖然成功剷除魔物，但還是被迫搬到這座森林裡，過上隱居的生活。

引退後沒多久，「玲緒」就出嫁了。

作為十八歲就必須接下家主位子的繼承人——玲緒並沒有太意外，自己大概在成年那天，也會順勢結婚吧，嫁給她根本就沒見過的人。

諷刺的是，「玲緒」在將死之際，跑來森林裡面，找到了妖怪，直到她死去的那刻，她們都待在一起。

「那段日子閃閃發光的。」妖怪凝視著湖面，似是透過景色回憶過往，雖然朝陽映照出的反光有些刺眼，她卻不想移開視線。「其實以前的事，我大部分都忘了，但那段時間，我永遠都不會忘記。」

玲緒偷偷注視著妖怪，在那雙望著遠方的紅色眼睛中，沒有自己。這是理所當然的事，但玲緒心裡卻不知為何感到一絲失落。她向前跨了幾步，靠近湖畔，然後轉過身，舉動吸引了妖怪的注意。

「我可以再問妳一件事嗎？」

「嗯。」

得到妖怪的應許後，玲緒微微抬起雙臂，整個人轉了一圈。

「我跟她，長得像嗎？」

做了個深呼吸，妖怪移開視線，「一模一樣。」

這樣啊。玲緒抬起頭，今天天氣很好，沒有半片雲遮擋，彷彿能直接看到天空的另一端。她向後踏了一步，接著再一步，察覺到玲緒的舉動，妖怪稍稍睜大了雙眼。在落水的前一刻，妖怪伸出手抓住玲緒時，她平靜的表情終於有了一絲波瀾。

「妳是笨蛋嗎？」稍稍施力，她輕鬆地將玲緒拉上岸。

由於對方突然鬆開手，玲緒跌坐在岸邊，看來有些狼狽，「因為不能待在這裡的話

──」說到一半的句子，被突然靠近的妖怪打斷。

妖怪蹲下身，把手裡的髮飾遞給玲緒，「我等妳三百年，可不是為了看妳溺死。」

看玲緒遲遲沒反應，她嘆了口氣認輸，像在對待無價珍寶般，動作無比輕柔地將黃色髮飾別上那頭棕髮。

妖怪大概從來沒想過，居然還能再經歷一次那短暫又閃閃發光的日子。

後記

哈囉，我是Irene，有些朋友可能是用白川這個名字稱呼我，怎麼叫我都可以，現在是二〇二四年四月二十二日的凌晨，我在台中的家。

沒想到夏日計劃有機會寫到第三集，我大概是在第二集快寫完時，才得知這個好消息。聽說第一集在去年年底二刷了。「天啊，到底誰在看？」這樣的疑問總是在腦海揮之不去。但是，我想大家是確確實實地存在的吧……對吧？

不知道後記可以寫幾個字，總之我就放心地寫了。

「命運」對我來說是什麼呢？是一堆的必然，但在必然其中，總會有因為努力而能改變的事。我很羨慕又夏總是確信自己可以改變浩瑜所見的未來，也相信每個人都能是又夏。

我們只是還在路上而已。

這本小說究竟在講些什麼？其實只是一個人總是能再次找到另一個人的故事。我並沒有什麼太大的抱負。

我們都會被找到，就算現在還沒，但總有一天，一定能被某個人好好地抱在懷裡。

而且無論如何，我們都值得被找到。

不過，我覺得自己找到自己是最重要的。請給自己一個大大的擁抱吧。

又夏跟陳晞的故事不會有完結的一天。很多讀者可能會疑惑她們的關係，也蠻常收到第二集太少親近互動的回饋。互動上，我覺得又夏一直都蠻喜歡跟陳晞有肢體接觸，要說是習慣也行，但大部分都是出自喜歡。她們私底下做了什麼，大家也不會知道吧。看到這邊的朋友可能會想說「那倒是寫出來啊！」有機會的話我一定寫。

關於「關係」，我想大家想起她們的時候，可以單純認為她們是「陳晞與又夏」就好，這不會改變她們對兩人的喜歡。浩瑜跟秋天也是同樣道理。因為在一起太久，一起經歷過太多，世界末日也好，微不足道的某一天早上也好，她們都在一起。

一個個瞬間堆疊起來，而成為永恆。這就是我所寫的百合，未來也會繼續這麼寫下去。

接下來是落落長的感謝。

感謝百萬小說創作大賞以及台灣角川讓我有出版機會。

感謝第三集實體書編輯小魚，我想我是個很麻煩的作家，交稿慢又總是要麻煩妳溝通許多事，在各種方面都幫上大忙了。

感謝封面及插圖，宇宙最強繪師，梨月老師。我曾跟後面會出現的CO討論過：

夏日計劃

「這樣梨月老師是不是又夏的家長啊？」各種方面來說都是吧。這次能請老師畫到四人封面實在是太好了。謝謝老師總是接受我各種天馬行空的想像，並完美地具現化，能和老師合作真的太幸運了。

感謝平台編輯陳小姐，妳太認真了。如果未來還有機會合作，請再多關照我。

感謝媽媽，有個想當作家的女兒，一定很頭痛吧。真是抱歉，希望未來還有機會能讓妳感到驕傲。在那之前，我可能要先去賺錢才行。

感謝C0，之前都用魚小姐稱呼。如果沒有妳，大概沒有《夏日計劃》，也沒有成為商業出版作家的我。妳可以很驕傲地說，妳喜歡的又夏，是因為妳才有機會誕生。未來的同人活動也都要繼續麻煩妳了，感謝小幫手。

感謝Ruby，我總是喜悲無常，生活介於隨便與規則很多之間，在離我最近的距離一定很辛苦，以後也請多擔待。

感謝Tammy、呆呆、小劉，我們老是一起下地獄。我總覺得，那麼好的妳們一定會上天堂。但在那之前，請好好地繼續陪在我身邊。

感謝KHDSN，我總是叫她香蕉。還有jeeplong、wl2340167等板友。

感謝若溱和嘉芸，我從小學至今的好友，總是很支持我做的每一件事。天啊，我們怎麼都長那麼大了。

感謝碩班同學們，雖然你們都會比我還早畢業。

感謝國三到高中時期的那位朋友，雖然她百分之百不會看見。如果不是妳的話，絕對不會有今天的我。謝謝妳出現在我的過去。

感謝所有曾支持我的親友，我很不會跟人保持聯繫，但其實一直都有把大家放在心上。承翰、亭臻，隨時都可以在想聯絡的時候找我喔。

感謝浩瑜。體感是本作中最多人喜歡的角色。總是很溫柔，想兇狠也兇不起來，嘴上說不想幫忙，卻早就想好辦法。妳就是那麼討喜，陳晞跟又夏沒有妳該怎麼辦啊，絕對是不可或缺的存在。妳總是先找到大家，而秋天找到妳。

感謝秋天。明明第二集才出現，就受了不少苦。羨慕妳的樂觀和堅持，還有不討人厭的孩子氣，也正因如此，妳才有辦法讓浩瑜心軟吧。我也覺得浩瑜很可愛，但這樣就沒辦法跟妳當朋友了。

感謝陳晞。雙主角的其中一位，雖然身邊沒有人是妳的粉絲，但又夏很喜歡妳，所以沒問題。「只要去想便能理解」是我最羨慕妳的一點，妳總是不畏懼那些未知的事物，就算不知道答案，也會勇往直前。好像也讓妳很辛苦，對不起，但又夏很喜歡妳，沒問題吧？

感謝又夏。作為這輩子第一本長篇小說的主角，我大概一生都無法忘記妳了。要如何才能如此堅毅呢？不斷地找尋、不斷地跨越時空，一定讓妳受了很多苦，真是不好意思。未來可以跟陳晞一直待在一起了。衷心希望我還有機會再見到妳。不如說，我現在就好想再見到妳。謝謝妳找到我。

感謝我自己，經歷過那麼多痛苦的事，好好地活到二十五歲了。以後也要好好活下去，成為自己想像中的模樣。反正都會後悔，那就去做吧。

最後，感謝所有支持我的讀者，以及閱讀這部小說的你。我們下次再見。

2024.04.22 Irene309（白川）

定價
NT$300
HK$100

貓與海的彼端

巧喵 / 作者　星期一回收日 / 插畫

榮獲日本國際漫畫獎銀獎原著同名小說！
泛黃的紙捲、褪色的線條，這是一切的起點。

人群恐懼的邊緣人吳筱榕和班級風雲人物童可蔚，看似天與地的差別，卻因一次「情不自禁」的觸碰，變成了最要好的朋友。如小太陽一般溫暖的可蔚，慢慢融化了筱榕的心防，兩人更在一同創作的過程中，體驗了各種甜蜜、酸澀、微苦的滋味……

夏日計劃 3

國家圖書館出版品預行編目資料

夏日計劃. 3/Irene309 作. -- 初版. -- 臺北市：臺灣角川股份有限公司, 2024.06
面； 公分
ISBN 978-626-400-097-0(平裝)

863.57 113005085

作者・Irene309
插畫・梨月

2024年6月26日 初版第1刷發行

發行人・台灣角川股份有限公司
總監・呂慧君
編輯・游雅雯
美術設計・李曼庭
印務・李明修（主任）、張加恩（主任）、張凱棋

台灣角川

發行所・台灣角川股份有限公司
地址・104台北市中山區松江路223號3樓
電話・（02）2515-3000
傳真・（02）2515-0033
網址・www.kadokawa.com.tw
劃撥帳戶・台灣角川股份有限公司
劃撥帳號・19487412
法律顧問・有澤法律事務所
製版・尚騰印刷事業有限公司
ＩＳＢＮ・978-626-400-097-0